B. Zenetti

Die bildende Kunst des classischen Alterthums

Antigonos

B. Zenetti

Die bildende Kunst des classischen Alterthums

Unveränderter Nachdruck der Originalausgabe von 1869.

1. Auflage 2024 | ISBN: 978-3-38614-994-5

Antigonos Verlag ist ein Imprint der Outlook Verlagsgesellschaft mbH.

Verlag: Outlook Verlag GmbH, Zeilweg 44, 60439 Frankfurt, Deutschland, info@outlook-verlag.de
Vertretungsberechtigt: E. Roepke, Zeilweg 44, 60439 Frankfurt, Deutschland
Druck: Libri Plureos GmbH, Friedensallee 273, 22763 Hamburg, Deutschland

Die bildende Kunst des classischen Alterthums.

Programm

der

königl. kathol. Studien-Anstalt zu St. Stephan in Augsburg

zum

Schlusse des Schuljahrs 1868/69

von

P. B. Zenetti.

Augsburg.

Druck der Ph. J. Pfeiffer'schen Buchdruckerei.

1869.

Vorwort.

Die folgenden Blätter geben eine gedrängte, für die Studirenden bestimmte Darstellung der classischen bildenden Kunst. Bei dieser Arbeit haben mir besonders K. Otf. Müller, Kugler, Schnaase, Springer, Lübke als Führer genützt. Abbildungen mitzugeben hielt ich für überflüssig, da die von Lübke besorgte Volksausgabe der Denkmäler der Kunst (Stuttgart 1864; Supplement dazu ebendaselbst 1868) ein so billiges, wie reichhaltiges Anschauungsmittel darbietet, welches ganz geeignet ist, den für das Schöne empfänglichen Studirenden zur Betrachtung der Kunstwerke anzuregen und heranzubilden.

Die bildende Kunst der Griechen.

Einleitung.

Carl Schnaaſe ſagt in ſeiner Geſchichte der bildenden Künſte ebenſo ſchön als treffend: „Bei den Griechen nimmt die Geſchichte der Kunſt eine neue Geſtalt an. Die andern Völker waren wie Fremblinge, die in einen gewaltigen, labyrinthiſchen Palaſt eingeführt, auf die wenigen Räume beſchränkt ſind, welche die Diener ihnen angewieſen haben, ohne in das Innere gelangen zu können und ohne das Ganze zu überſehen. Die Hellenen dagegen ſind die eingeborenen Kinder des Hauſes, die, mit ſeinen Gängen und Verbindungen genau bekannt, ſich leicht zurechtfinden, denen nichts verſchloſſen und unzugänglich bleibt. Sie öffnen die verborgenſten Gemächer und Säle, durch ſie eingeführt, werden wir heimiſch in dem wunderbaren Gebäude.“

Griechenland iſt durch hohe Gebirgszüge von den nördlichen Ländern Europas getrennt und dehnt ſich gegen das afrikaniſche und aſiatiſche Feſtland aus; mit dem Letzteren iſt es namentlich durch die Inſeln des ägeiſchen Meeres nahe zuſammenhängend. So klein das Land an Ausdehnung iſt, zeigt es doch in ſeiner Bodengeſtalt eine ſeltene Mannigfaltigkeit, wie ſie kaum ein anderes Land der Welt beſitzt. Von zahlreichen, weit in das Meer vorſpringenden Gebirgen durchſchnitten, erhält das Land eine große Anzahl getrennter Gebiete, die mit weiten und tiefen Buchten ſich nach der See öffnen. Dieſe Beſonderheit des Erbreichs, welches eine große Anzahl abgegrenzter, ſelbſtſtändiger Gebiete bildet, beförderte auch eine ähnliche, ſelbſtſtändige Entwicklung des Menſchendaſeins. Das Klima und die Natur Griechenlands iſt fern von der erſchlaffenden Hitze und Ueppigkeit der tropiſchen Länder, wie von dem Froſte und der Dürftigkeit der kalten Zone. Reichthum und Fülle der Erzeugniſſe ſind mit Armuth und Unfruchtbarkeit ſo gepaart, daß nirgends ein unerträgliches Zuviel, nirgends ein drückendes Zuwenig eintritt, daß der Boden dem Menſchen ſeine Früchte nicht ohne Mühe und Arbeit ſpendet. Durch dieſe Umſtände wird es begreiflich, wie das Volk der Griechen, welches dieſe Gegenden und dieſes Klima bewohnte, ſich zu ſolcher Eigenthümlichkeit entwickeln konnte.

Die älteſte Epoche der griechiſchen Kunſt.

Als die Hellenen in der Vorzeit nach Europa kamen, brachten ſie das Weſen des Orients in Sprache, Sitten und Religion herüber. Dann aber gelangten ſie unter dem Einfluſſe der Natur ihrer neuen Wohnſitze in einer langen Zeit der Entwicklung zu der Höhe, auf welcher wir ſie als ein neues, eigenthümliches Volk ſehen. Dies erkennt man in der Ausbildung ihrer Sprache und Kunſt, beſonders aber in der Geſtaltung ihrer Religion, in welcher die phantaſtiſchen Vorſtellungen des Orients, wie ſie bei den Indern und Aegyptern in ſo wüſter und abſtoßender Weiſe auftreten, in menſchlich klare Anſchauungen verwandelt ſind. Richtig ſagt Fr. Th. Viſcher (Aeſthetik §. 351.)

von den Griechen: „Dieses Volk ist zuerst ein wahrhaft fortschreitendes, entwickelt sich durch eigene That organisch, und diese That ist wesentlich Aufnahme von Bildungsmomenten aus dem Orient zu freier Umbildung auf der einen, Zurückweisung seiner überfluthenden Macht auf der andern Seite." Was uns über die ältesten Zustände Griechenlands zugekommen ist, hat durch die Sage und die poetische Darstellung einen zwischen Wahrheit und Dichtung schwankenden Charakter erhalten. Der an den europäischen Ufern des Mittelmeeres weitverbreitete Stamm, aus dem auch das griechische Volk hervorgegangen sein soll, die sogenannten Pelasger, werden als wandernde, noch tief in der Bildung stehende Horden geschildert, bei welchen nach und nach durch Ankömmlinge aus der Fremde feste Wohnsitze, bürgerliche Sitten und religiöse Formen eingeführt wurden. Die Mythen nennen den Aegypter Danaos im Peloponnes, den Cecrops in Attika, den Phönikier Kadmos in Böotien als solche Volksbildner. Auf diese Anfänge der Cultur folgte bald eine sehr lebhafte Thätigkeit und Bewegung. Die Schifffahrt führte zum Handel und Erwerb, zur Seeräuberei, zu kriegerischen Zügen, zu zahlreichen Niederlassungen an andern Küsten. Die Männer, welche kühne Gegenwehr gegen Räuber und Frevler, auch gegen wilde Thiere leisteten, erschienen als göttliche Heroen noch in der Verehrung der spätern Zeiten. Allmählig verbreitete sich gleiche Sitte und Gesinnung unter den verwandten Stämmen, die sich zu gemeinsamen Unternehmungen vereinigten. Die Nachrichten von den frühern Zügen dieser Art, welche besonders gegen Asien gerichtet waren, sind noch undeutlich, aber von dem Zuge nach Troja unter Führung der Atriden bekommen wir ein zwar poetisches, aber naturwahres Bild in den homerischen Gesängen. Die Griechen erscheinen hier noch in vielen Stücken roh und wild, als schreckliche Städtezerstörer, aber Regierungsformen, Götterlehre und Cultur zeigen sich im Ganzen vollkommen einheimisch. Die Klarheit der Anschauung, das Gefühl für alles Menschliche, die Thatkraft und Freiheitsliebe, sowie der Schönheitssinn ist schon bedeutend entwickelt. Was wir über die bildende Kunst aus Homers Dichtungen erfahren, ist wenig und lückenhaft und zeigt die griechische Kunst noch in unreifem und unfreiem Zustande. Was die Baukunst betrifft, so fehlt es uns über die Gestalt der Tempel gänzlich an Nachrichten, und was Homer über die Bilder der Götter sagt, ist jedenfalls sehr undeutlich. Die Beschreibung des Schildes des Achilleus weist auf ziemliche plastische Geschicklichkeit hin, die hier freilich dem Hephaistos zugeschrieben wird. Dagegen lernen wir Königsburgen und fürstliche Wohnungen, z. B. des Odysseus, Alkinoos und Menelaos genauer kennen. In diesen Gebäuden erscheint neben patriarchalischer Einfachheit und Bequemlichkeit auch kostbarer Schmuck. Die ältesten Bauwerke, die uns auf dem Boden Griechenlands erhalten sind, zeigen von einer gewaltigen, auf das Mächtige gerichteten Sinnesweise. Es sind die Mauern der alten Königspaläste und Städte, welche die spätern Griechen mit einem Ausdrucke der Verwunderung Cyklopische Mauern nannten, wie man ähnlich in christlicher Zeit von Riesen- und Teufelsmauern gesprochen hat. Das Mauerwerk ist in ungeheurer Dicke aus gewaltigen, unregelmäßigen Steinblöcken ohne Kitt zusammengefügt. Zum Theil sind die Blöcke ganz unbehauen und die Lücken mit kleinen Steinen ausgefüllt, zum Theil sind sie vieleckig, sehr geschickt bearbeitet und so aufeinander gelegt, daß die obern Steine immer in die untern genau eingreifen, woraus dann ein völlig unerschütterliches Gefüge entsteht. Andere solche Mauern, die wahrscheinlich jüngern Ursprungs sind, bestehen aus regelmäßigen Quadersteinen von gleicher Höhe und Tiefe, die übereinandergelegt durch ihre Schwere sich halten. Nicht bloß in Griechenland, sondern auch in Italien und Sardinien trifft man solche Cyklopenmauern. Unter den griechischen sind die bedeutendsten Reste solcher Mauern zu Argos, Mykenä und Tiryns. Zuweilen sind Galerieen mit Oeffnungen nach außen angebracht und durch hervorragende Steinschichten (Kragsteine) überwölbt. Dieselbe Art der Bedeckung zeigt sich auch bei den

Thoren, unter welchen das wichtigste das Hauptthor der Akropolis zu Mykenä ist. Man nennt dieses Thor das Löwenthor, weil über ihm zwei Löwen in erhabener Arbeit (Relief), wie Wappenhalter aufrechtstehend, neben einem Opfertische (oder einer Säule) in Stein ausgehauen sind. Die ohne Zweifel seitwärts nach außen gerichteten Köpfe sind nicht mehr vorhanden; die Formen dieser Löwen sind nicht ohne Verständniß, aber ziemlich roh bearbeitet.

Außer den Mauern und Thoren hat sich an mehreren Orten Griechenlands ein eigenthümlicher Theil der alten Königsburgen erhalten, der mit besonderer Festigkeit angelegt ist, das sogenannte Schatzhaus. (Θησαυρός). Das Gebäude ist rund, kuppelartig spitzig und diente zur Aufbewahrung von Kostbarkeiten, schönen Stoffen, Gefäßen, Bechern und dergleichen. Am besten erhalten ist das Schatzhaus des Atreüs zu Mykenä. Es ist ein unterirdisches, kreisförmiges Gemach, durch überkragende, kreisförmige Steinschichten in der Form eines spitzbogigen Gewölbes umschlossen. Ein quadratisch ausgehauenes Gemach schließt sich daran, welches vielleicht als Grabkammer bestimmt war, während der Hauptraum die Schätze barg. Eine glänzende Bekleidung von Erzplatten scheint ehemals die untern Theile bedeckt zu haben, und die eigenthümlichen Reste architektonischen Schmuckes mit ihrem üppig spielenden Charakter zeigen eine deutliche Beziehung auf vorderasiatischen Ursprung.

Spuren von Steinbildnerei wurden an diesen alten Bauresten nicht häufig gefunden. Das einzige gerettete Ueberbleibsel ist an dem schon erwähnten Löwenthor. Die Form der Götterbilder mag ziemlich mannigfaltig gewesen sein. Es ist bekannt, daß in frühester Zeit rohe Steine und Klötze die Stelle eines Götterbildes vertraten. An diesen waren dann wohl einzelne Theile, Arme oder Köpfe, mit den Abzeichen des Gottes ausgearbeitet. Von dieser Art waren die sogenannten Hermen, Bildpfeiler mit einem Kopf, der in einen viereckigen Stein oder eine Säule auslief. Häufig waren die Göttergestalten rohe Holzbilder, denen man durch umgehängte Gewänder ein feierliches Ansehen zu geben suchte. Auf einigen alten Münzen und Vasen sieht man solche uralte Culturbilder in steifer Haltung und mit asiatischer Bekleidung.

So erscheint denn in dieser Epoche, während die Dichtung schon in echter Schönheit auftritt, die bildende Kunst noch in den Fesseln des orientalischen Geistes, massenhaft, roh und geistlos. —

Die spätern Perioden der griechischen Kunst.

Einige Zeit nach dem trojanischen Kriege, ungefähr um das Jahr 1000, trat eine völlige Veränderung in allen Verhältnissen Griechenlands ein. Es wurde allmählig jene klare, menschlich schöne Culturentwicklung begründet, wodurch die Griechen in der bildenden Kunst, besonders in der Plastik, musterhaft geworden sind. Den Anstoß zu dieser Veränderung gab jene Bewegung, welche in der Sage die Rückkehr der Herakliden genannt wird, eine Wanderung der Dorier aus den nördlichen Gebirgen in den Peloponnes, wo sie Staaten gründeten. Außer den Doriern haben unter den Griechen besonders die Jonier eine culturgeschichtliche, hohe Bedeutung. Es ist der Gegensatz dieser beiden auf gemeinsam nationalem Gebiete so verschiedenen Stämmen, wodurch das griechische Leben seinen reichen Inhalt, seine vollendete Eigenthümlichkeit erhalten hat. Den strengen, ernsten, kriegerischen, am Hergebrachten festhaltenden Doriern stellten sich die lebhaften, beweglichen, für Alles empfänglichen Jonier gegenüber. Wetteifernd suchten beide Stämme sich zu entwickeln, ihre Macht und ihren Einfluß auszubreiten, durch zahlreiche Kolonieen griechische Art und Bildung über Kleinasien und die Inseln, über Unteritalien und Sicilien zu verbreiten. In dieser Mannigfaltigkeit des Daseins, in der fortschreitenden Entwicklung bei den Griechen zeigt sich ein besonderer Gegensatz mit dem einförmigen,

unveränderlichen Hinleben der Orientalen. Dazu kommt noch der Zustand der griechischen Staats=
verfassungen, die auf aristokratische oder demokratische Formen gegründet, dem orientalischen Despotismus
die Kraft der Freiheit siegreich entgegenstellten. Nach diesen Andeutungen gehen wir nun zur Dar=
stellung des Entwicklungsganges der griechischen Kunst bis zu den letzten Zeiten ihrer Wirksamkeit über.

Die griechische Baukunst.

Allgemeines.

Bei den despotisch beherrschten Völkern des Morgenlandes entwickelte sich die Kunstform der
Architektur neben den Heiligthümern der Götter auch an den Palästen und Prachtgebäuden der Macht=
haber. Mit der Begründung der griechischen Freistaaten verschwinden die Bauten für persönliche
Zwecke, und nur die höchsten Ideen, die allgemeinen Zwecke des gesammten Staates werden der Ge=
genstand künstlerischer Darstellung. Der Tempel ist der Hauptgegenstand des bauenden Kunstschaffens,
und was von öffentlichen Gebäuden den allgemeinen Zwecken des Staates dient, entlehnt seine Kunst=
form dem Tempelbau. „Nur im Tempel erhebt sich das Bauen zur reinen Kunst, allen andern Bauten
wird nur durch Rückstrahlung des künstlerischen Schwunges, den der absolute Zweck im Tempel her=
vorruft, der Stempel aufgedrückt, der ihnen die höhere ästhetische Form verleiht.“ (Vischer. Aesth.
§. 574.) Ganz unscheinbar aber ist in den guten Zeiten Griechenlands, wo noch die Einfachheit des
republikanischen Lebens und die Genügsamkeit der Sitten herrschte, die Anlage und Einrichtung der
Privatwohnungen.

Der griechische Tempel steigt auf einem Unterbau von mehreren Stufen empor, in der
Mitte des von Mauern umgebenen heiligen Bezirkes. Wenn die orientalischen Völker in der Massen=
haftigkeit, überladenen Pracht und ungeheuren Ausdehnung der Tempel das der Erhabenheit ihrer
Götter Würdige zu treffen glaubten, so suchten die Griechen in einfacher Klarheit und harmonischer
Eintheilung ihren heiligen Stätten Würde und feierlichen Schmuck zu verleihen. Lastet auf den
Tempeln der Morgenländer der Geist sklavischer Gesinnung, unbeugsamen Zwanges und finsterer
Religionsbegriffe, so tritt uns in den herrlichen, hellenischen Götterwohnungen eine hohe freie Anmuth,
das Gefühl menschlicher Würde, der Ausdruck eines edlern Gottesdienstes entgegen. Die Grundform
des griechischen Tempels ist deutlich und übersichtlich, mit wenigen Ausnahmen stets dieselbe, nämlich
ein Rechteck, ungefähr doppelt so lang als breit, ringsum oder doch an der vordern Eingangsseite eine
Säulenhalle, darüber auf deutlich geformtem, reich verziertem Gebälke das sanft geneigte Giebeldach.
Bei dieser gemeinsamen Form weist die Alterthumskunde bei den alten Tempeln auf eine zweifache
Bedeutung hin. Es gab Cultustempel und Festtempel. (Agonaltempel, ἀγών.) In den eigentlichen
Cultustempeln befand sich das heilige Bild der Gottheit, und sie wurden als Wohnung derselben an=
gesehen. Vor dem Eingange stand der Brandopferaltar, auf welchem bei geöffneten Tempelthüren vor
dem versammelten Volke geopfert wurde. Das Innere war nur Einzelnen zugänglich, welche besondere
Opfer oder Weihgeschenke im Tempel darbringen wollten. Jeder Eintretende mußte in der Vorhalle
sich mit Weihwasser benetzen. (Χερνίπτεσθαι.) Die Festtempel hatten im Innern ein Prachtbild,
aber kein Cultusbild des Gottes, und es geschah hier, wie man annimmt, die Krönung der Sieger
in den dem Gotte geweihten, festlichen Spielen. Da die griechischen Tempel nicht Versammlungsorte

der Gemeinde, sondern nur Wohnsitze der einzelnen Götter waren, so genügten Räumlichkeiten von sehr mäßiger Ausdehnung. Der Tempel bestand aus der Vorhalle, ($\pi\varrho\acute{o}\nu\alpha o\varsigma$,) aus dem innern Raum, wo das Bild sich befand, ($\nu\alpha\grave{o}\varsigma$, cella,) und aus dem Hintergemach, wozu manchmal ein Anbau ($o\pi\iota\sigma\vartheta\acute{o}\delta o\mu o\varsigma$) kam, der vielleicht als Schatzkammer diente. In geräumigern Tempeln brachte man im Innern zwei Reihen von Säulen an, die eine Gallerie mit einer zweiten Säulenreihe trugen, wobei der mittlere Raum ohne Dach blieb, so daß er unter freiem Himmel lag. Der Tempel hieß dann ein Hypäthraltempel. ($\ddot{v}\pi\alpha\iota\vartheta\varrho o\varsigma$.) Nach der Art der äußeren Säulenhallen nannte man einen rings von Säulen umgebenen Tempel Peripteros. ($\pi\tau\varepsilon\varrho\acute{o}\nu$.) Den nur mit einer Vorhalle an der Vorderseite versehenen Tempel hieß man Prostylos, ($\sigma\tau\tilde{v}\lambda o\varsigma$); der mit vorderer und hinterer Seitenhalle versehene Tempel hatte den Namen Amphiprostylos. Gehen zwei vollständige Säulenhallen um den ganzen Tempel, so ist es ein Dipteros. Die Säulenhalle, die den Tempel umgibt, ist das gemeinsam Stützende und zugleich Raumöffnende. Die Säule ist der zumeist charakteristische Theil, an welchem die Verbindung der mechanischen Zweckmäßigkeit mit künstlerischer Lebendigkeit besonders deutlich erscheint. Durch den Fuß oder die Basis wird das selbstständige Leben der Säule bestimmt bezeichnet. Der Stamm ist mit rinnenartigen Vertiefungen, den sogenannten Cannelüren, versehen, hat zuerst eine elastische Erweiterung seines Umfangs und dann eine kräftige Einziehung oder Verjüngung desselben, wodurch ein thätiges Stützen ausgedrückt wird. Das Haupt der Säule (Capital) bringt den Gegensatz von Last und Kraft sehr deutlich zu Gesichte. Ueber den Säulen ruht der Bindebalken oder Architrav ($\dot{\varepsilon}\pi\iota\sigma\tau\acute{v}\lambda\iota o\nu$), auf diesen folgt der verzierte Fries. Ueber diesem ist das weit vorspringende Hauptgesims. ($\gamma\varepsilon\tilde{\iota}\sigma o\nu$.) An den schmalen Seiten des Baues erhebt sich das Giebelfeld mit Statuengruppen. Das Dach und der ganze Bau war bei den schönsten Tempeln von Marmor aufgeführt und auf der Spitze durch eine Reihe geschmackvoller Zierrathen abgeschlossen.

„In den phantastischen Grotten der indischen Felsen, in den gewaltigen Massen Babylons und den luftigen Terrassenbauten von Persepolis, unter den duftenden, goldstrahlenden Cedernbalken des Salomonischen Tempels, in den feierlichen Zugängen, Vorhöfen, Hallen der Heiligthümer Aegyptens suchen wir vergeblich den einfachen klaren Grundgedanken, der so natürlich scheint, und aus dem sich doch alle Anmuth und Mannigfaltigkeit der griechischen Architektur entwickelt hat. Das Säulenhaus, das geschlossene, bedeckte, von tragenden Säulen umgebene Haus ist dieser Grundgedanke." (Schnaase.)

Aber der reiche, erfindsame Kunstsinn des Volkes brachte auf der gemeinsamen Grundlage durchaus selbstständige Formen des Baustyls hervor, die als dorischer und jonischer Styl auf den Charakter der beiden Hauptstämme deutlich hinweisen. In Attika erhält der jonische Baustyl eine besondere, maßvolle Abänderung, und zuletzt kommen die korinthischen Formen zu jenem Reichthum ausdrucksvoller Bauweisen noch als ein späteres Erzeugniß einer mehr prachtliebenden Zeitrichtung hinzu.

Der dorische Styl.

Einfache Strenge und klare Gesetzmäßigkeit sind die Eigenschaften der dorischen Bauart, in welcher sich jene unbedingte Herrschaft des Allgemeinen über das Besondere, jene Unterordnung des Einzelnen unter das Ganze abspiegelt, wie sie im dorischen Staatsleben erscheint. Die dorische Säule hat keinen Fuß, sondern steigt unmittelbar aus dem Unterbau empor. Der cannelirte Säulenschaft ist stark verjüngt, am Halse befindet sich ein Einschnitt und unter dem Capität sind mehrere Ringe. Das Capität selbst besteht aus einem schwellenden Wulst (Viertelsstab, echinus, auch $\varkappa v\mu\acute{\alpha}\tau\iota o\nu$ genannt,) und aus einer darauf ruhenden Platte, (abacus,) und drückt eben so einfach als kräftig die Verrich-

tung des Tragens aus. Der Architrav ist ein glatter Steinbalken. Dann folgt der Fries, an wel=
chem dreigeschlitzte Platten, die sogenannten Triglyphen, sich befinden, mit welchen geschmückte Vierecke
(Metopen) abwechseln. Unter den Triglyphen ist ein Streifen mit kleinen Pflöcken (Tropfen) versehen.
Das Kranzgesims besteht aus einer weitvorspringenden Platte, an deren unterer Fläche kleine Platten
mit Tropfen (mutuli, Dielenköpfe) angebracht sind. Dann folgt die Traufrinne und das Dach mit
dem Giebel, in dessen Felde ein der innern Bedeutung des Tempels entsprechender Schmuck von Sta=
tuengruppen prangte. Es ist eine unter den Kunstkennern lebhaft erörterte Frage über den Gebrauch
der Vielfärbigkeit (Polychromie) in der bildenden Kunst der Griechen. An ein gänzliches Bemalen
der Gebäude ist wohl nicht zu denken, ebenso wenig aber kann eine durchgängige Enthaltung von der
Anwendung der Farbe angenommen werden. Die Tempel, welche von Marmor gebaut waren, er=
schienen im Großen und Ganzen nur weiß. Der Architrav erhielt wohl einen Schmuck von Metall,
namentlich von vergoldeten Schilden, aber ohne jede andere Färbung. Die Triglyphen waren vielleicht
in einzelnen Theilen farbig, die Metopen und das Giebelfeld braunroth, auf welchem Grunde die
dort befindlichen Bildwerke mehr hervortraten. An den geraden, abakusähnlichen Gliedern waren
bandartige Verzierungen, an den wellenförmigen Blättermuster aufgemalt. Die Decke war mit einem
blauen Grunde und goldenen Sternen geschmückt. Die Bemalung hatte keine selbstständige Bedeutung
und nur den Zweck, die untergeordneten Theile des Gebäudes schärfer zu bezeichnen, während im
Haupttheile im reinen Glanze des Marmors schimmerten. Anders mag es bei Bauten von schlechterm
Material gehalten worden sein, wo man sich eine buntere und willkürlichere Anwendung der Farbe
erlaubt haben mag.

Der ionische Styl.

Den ernsten, strengen Formen des dorischen treten die milden, anmuthigen und auch freieren
Gestaltungen des ionischen Styls gegenüber. Die Säule ist hier nicht mit der Tempelstufe verwach=
sen, wie im dorischen Styl, sondern hat eine selbstständige Basis, welche aus mehreren Einziehungen
besteht, die oben einen starken Wulst haben und auf einer viereckigen Platte ($\pi\lambda\iota\nu\vartheta o\varsigma$) ruhen. Der
Schaft der Säule ist weniger verjüngt und schlanker als der dorische. Die Furchen sind tiefer und
durch Zwischenräume, sogenannte Stege, getrennt. Das Capitäl hat wie das dorische einen Echinus
mit einer Eierverzierung, auf welchem statt der viereckigen Platte ein elastisches Polster liegt, dessen
Ende zusammengerollte Schnecken (Voluten) bilden. Durch dieses, auch in der vorder=asiatischen Kunst
vorkommende, aber von den Griechen erst eigentlich schön entfaltete Gebilde wird das Nachgeben gegen
den Druck des Gebälkes angedeutet. Darauf lagert sich eine dünne, mit Blattzeichnungen versehene
Platte. Der Architrav besteht aus drei Theilen und ist vom Friese durch ein verziertes Glied ge=
trennt. Der Fries ($\zeta\omega\varphi\delta\rho o\varsigma$) ist ohne Metopen und Triglyphen und in ganzer Ausdehnung mit
Bildwerken bedeckt. Auf den Fries folgt eine mit Blättern geschmückte Welle als Abschluß. Ueber
diesem springt die Hängeplatte des Kranzgesimses wie beim dorischen Style weit hervor, aber die dort
befindlichen mutuli oder Sparrenköpfe verwandeln sich bei dem ionischen Bau in eine Reihe würfel=
artiger Vorsprünge, die man Zahnschnitte heißt. Giebel und Dach sind im Wesentlichen wie beim
Dorischen. In Attika erhielt der ionische Styl eine veränderte Ausbildung. Die attische Basis be=
steht aus einer von zwei Wulsten eingeschlossenen scharfen Einziehung. Der Säulenschaft ist nicht so
schlank, als der ionische, und ist mit kräftiger gebildeten Voluten versehen; der Fries ist höher und
das Kranzgesims hat keine Zahnschnitte. Im Ganzen erscheint im ionischen und attischen Style eine

lebendigere, freiere Beweglichkeit durch die Fülle von abgrenzenden, bekrönenden Theilen, welche mit reichen Ornamenten versehen sind.

Der korinthische Styl.

Diese Bauweise ist als keine selbstständige Gattung, sondern nur als eine Abart späterer Zeit zu betrachten. Das Capitäl hat eine neue Form, an welcher die schlanke, kelchförmige Gestalt das Eigenthümliche ist. Diese wird nun mit mehreren Reihen von Blättern umgeben, welche aufrecht stehen und nach außen die Spitzen überneigen. Für die Blätter nahm man meistens als Muster das zierliche und feine Blatt des Bärenklau. (ἄκανϑος.) Diese Form steigerte sich dann zu einer reicher gebildeten Composition. Den untern Theil des Capitäls bilden auch hier zwei sich über einander erhebende Reihen von Akanthusblättern. Aus diesen erheben sich an jeder der vier Seiten zwei doppelte Blumenranken. Die innern, kleinern Ranken biegen sich nach der Mitte zusammen, wo sie in einer Schneckenlinie sich begegnen und eine palmenartige Blume tragen. Die äußeren Ranken schwingen sich nach den obern Ecken empor, wo sie Voluten bilden, welche die Platte des Abakus aufnehmen. Die größere Pracht und die durch die gleichartige Ausbildung des Capitäls mögliche, freiere Anwendung für alle Stellungen im Gebäude machten diese Säulenform in der spätern Zeit selbst beliebt.

Die Denkmäler der griechischen Baukunst.

Wie die Baukunst der Griechen sich allmählig zu der schönen Kunstvollendung der Blüthezeit entwickelt hat, läßt sich aus Mangel an Nachrichten leider nicht nachweisen, wie sich überhaupt bei der Betrachtung der hellenischen Baugeschichte neben der vermißten Vollständigkeit ihres Ganges auch ein Gefühl der Trauer uns aufdrängt über die arge Zerstörung, welche die Ungunst der Zeit unter den herrlichen Werken angerichtet hat, deren Reste wir noch bewundern.

Die erste Epoche läßt sich von der Zeit Solons bis zu den Perserkriegen setzen. Die Bauwerke dieses Zeitraumes sind noch alterthümlich, streng und sogar schwerfällig. Besonders gilt dieses von den Resten dorischer Tempel in Sicilien, unter welchen die zu Selinunt, Agrigent und Segesta die bedeutendsten sind. Eines der besterhaltenen Bauwerke des Alterthums ist der Tempel des Poseidon zu Paestum, welcher vornehmlich deshalb merkwürdig ist, „daß von dem Hypäthralbau seines Innern die Säulenstellungen und die Säulengalerieen über diesen, ohne indeß über das ganze der Anordnung und namentlich der Bedeckung genügenden Aufschluß zu gewähren, erhalten sind." (Kugler.) Spärlicher sind die Ueberreste in Griechenland selbst, da in den Perserkriegen Vieles zerstört wurde. Nur einige Säulen von schwerer Form, vielleicht von einem Pallastempel zu Korinth, sind noch stehen geblieben. In Kleinasien und auf den Inseln, wo sich bedeutende Tempel befanden, hat ebenfalls die Zerstörung gehaust, wie z. B. das berühmte Wunderwerk der alten Welt, der Tempel der Artemis zu Ephesos, durch die tolle Barbarei des Herostratos verbrannt worden ist.

Die zweite Periode der hellenischen Architektur geht von den Perserkriegen bis zur Oberherrschaft Macedoniens. Den Mittelpunkt für die Kunst, wie überhaupt für das geistige Leben bildet fortan Athen, welches auch im Kampfe gegen die Barbaren am meisten für die Freiheit gelitten und gestritten hatte. Den Uebergang von der ältern Weise zeigt am besten der Tempel zu Aegina, der bald nach den Perserkriegen der Pallas Athene erbaut wurde. Er ist im dorischen Style aus dem geringern Material des Sandsteins erbaut, und nur das Dach und die Bildwerke sind aus Marmor gebildet.

In den folgenden Bauwerken tritt nun der Gebrauch des weißen Marmors entschieden in Anwendung. So an dem Theseustempel zu Athen, in welchem der dorische Styl zu attischer Anmuth umgestaltet und gemildert ist. Der Tempel ist noch sehr glücklich erhalten und hat an den Metopen und der Vorhalle einen vorzüglichen, plastischen Schmuck. Der Tempel der Nike Apteros am Eingange der Akropolis ist sehr einfach im jonisch-attischen Style errichtet. Die herrlichsten Zeugen hellenischer Baukunst stammen aus der Zeit des Perikles. Unter den von den Persern zerstörten Gebäuden wurde zuerst der Parthenon (ὁ παρϑενών) mit aller Pracht wieder hergestellt. Dieser Festtempel der Athene als Schutzgöttin der Stadt wurde durch Iktinos und Kallikrates erbaut und durch Phidias und seine Schüler mit reichem Bildschmucke versehen. Der dorische Styl erreichte hier eine noch größere Leichtigkeit und Anmuth, als im Theseustempel. Im Jahre 1687 wurde das Marmordach des bisher unverletzt gebliebenen Tempels bei einem Kriege der Venetianer gegen die Türken durch Bomben in zwei Hälften zertrümmert, und der stolze Bau in eine traurige Ruine verwandelt. Ebenso großartig waren die Propylaeen, das von Mnesikles am westlichen Eingange der Akropolis erbaute Prachtthor, in welchem der dorische und jonische Styl auf harmonische Weise vereinigt wurde, und in dessen ganzer Anlage, wie Lübke treffend sagt, das festungsartige Abwehrende wie das festlich Einladende mit vollendeter Klarheit ausgesprochen ist. Der dritte Prachtbau der Akropolis ist der eigentliche Cultustempel der Athene, das sogenannte Erechtheion, welches in seinen Räumen mehrere Heiligthümer umschloß. Welche die Bestimmung dieser mannigfachen Räume gewesen ist, welcher unter ihnen der eigentliche Tempel der Athene war, bildet bei der jämmerlichen Zerstörung des ganzen Innern noch jetzt eine unentschiedene Streitfrage unter den Alterthumsforschern. Der attisch-jonische Styl erreichte in diesem Bau den vollendetsten Glanz, die größte, reichste Pracht der Verzierung. Die Entwicklung der attischen Baukunst übte auch ihren Einfluß an andern Orten außer Athen, zu Eleusis, zu Rhamnos. Der noch theilweise erhaltene Apollotempel zu Bassä bei Phigalia in Arkadien ist nach dem Plane des athenensischen Meisters Iktinos erbaut worden. —— Die dritte Periode der griechischen Baukunst geht bis zum Untergange der politischen Freiheit. Es kam in dieser Zeit ein Streben nach dem Reizenden, Auffallenden und Ueppigen in die künstlerische Thätigkeit, wozu besonders die seit Alexanders Eroberungen hervorgebrachte Verbindung mit Asien sehr Vieles beitrug. Ganz im Widerspruche mit dem Geiste der alten, nur auf das Ideale gerichteten Baukunst, wurden nun die Paläste der Herrscher und die Häuser der Angesehenen und Reichen mit verschwenderischer Pracht ausgestattet. Der dorische Styl zieht sich mehr und mehr zurück, um der prunkenden Zierde des korinthischen Platz zu machen. Den Uebergang zu dieser Periode macht der Tempel der Athene zu Tegea, welcher als der größte und herrlichste im Peloponnes gerühmt wurde, und an welchem alle drei Baustyle zur Anwendung gekommen waren; dann der dorische Tempel des Zeus zu Nemea im Peloponnes. In Athen gab es einige Bauten kleinerer Art. Hieher gehören die choragischen Monumente des Lysikrates und des Thrasyllos In dem von Perikles erbauten Odeum wurden musikalische Wettkämpfe von Chören gehalten. Jeder der zehn Stämme Athens wählte einen angesehenen, reichen Mann aus seiner Mitte, welcher als χοραγὸς das Ganze leitete, und für diese Auszeichnung die Kosten zu bestreiten hatte. Wenn sein Chor über die andern siegte, so hatte er das Recht, den kostbaren Dreifuß, welcher der Ehrenpreis des Wettgesanges war, auf einem Monumente aufzustellen, welches er auch aus eigenen Mitteln errichtete. Die Reichen verwendeten auf diese theure Auszeichnung große Summen. Das schönste dieser Denkmäler ist das des Lysikrates. Auf einem viereckigen Unterbau erhebt sich auf geschmackvollen korinthischen Halbsäulen ein runder Oberbau von einem kuppelartigen Marmorblock bedeckt. Auf dem Gipfel des aus Marmor gebildeten, herrlich verzierten Denkmals befand sich ein blumenartiges Gestell zur Aufnahme des Dreifußes. Das Monument des Thrasyllos ist einfacher. Es lehnte sich mit zierlichem Bau der Pfeiler und des Gebälkes als Halle an eine Felsenhöhle an, und trug auf der obern Fläche den Dreifuß. Eine Reihe vorzüglicher Denkmäler, freilich in traurigem Zustande auf uns gekommen, ist in Kleinasien. In diesen Bauten ist der jonische Styl in seiner edelsten Form zu treffen. Ein Prachtwerk ist der Tempel des Apollo zu Milet, von welchem sich, außer einigen Säulenstücken, noch Trümmer prächtiger Pfeilercapitäler und mit Bildwerken verzierte Friese der innern Wände erhalten haben. Das bekannte Mausoleum zu Halikarnassas, das riesenhafte Grabdenkmal, welches die Königin Artemisia ihrem Gatten Mausolus errichtete, scheint halb einem Thurme, halb einem tumulus ähnlich gewesen zu sein, und war mit Bildnereien ausgezeichneter Meister geschmückt.

Die griechische Bildnerkunst.

Allgemeine Bemerkungen.

Die Phantasie der Griechen war wesentlich eine plastische, bildnerische, und daher sind sie auch in der Kunst der plastischen Darstellung vorzüglich classisch, musterhaft geworden, so daß alle folgenden Zeiten von ihnen zu lernen haben, zwar nicht dieselben Stoffe darzustellen, aber was sie darstellen, mit griechischer Schönheit zu bilden. Der Einfluß dieses plastischen Sinnes tritt auch in der Baukunst, Malerei, ja sogar in der Dichtkunst der Griechen hervor, wie denn Homers Gestalten mit der deutlichsten, anschaulichsten Lebendigkeit vor uns erscheinen. Die Anlage der Griechen war eine seltene ungetheilte Einheit von Geist und Natur, von Verstand und Empfindung; die gleichmäßige Ausbildung aller angeborenen Kräfte und Fähigkeiten, die Uebung in Musenkunst und Gymnastik gehörte zu den Erfordernissen eines freien Griechen. Jeder mit allen Kräften und Fähigkeiten gehörte aber ganz und gar dem öffentlichen Leben und nur in Bezug auf dieses hatte der Einzelne Werth und Bedeutung. Der vorherrschend plastische Sinn der Griechen brachte in das Ganze des Kunstgebietes eine Beschränkung, die in der Vergleichung mit der Vielseitigkeit der neuern Völker als ein Mangel, als eine Lücke erscheinen kann. Die Griechen hatten kein Verständniß für den geheimen Reiz der Lichtwirkungen in der Malerei, eine Baukunst des Innern, mit weiten, perspectivischen Räumen gab es bei ihnen nicht, und ihrer Musik fehlte die tiefe Innerlichkeit, der umfassende Reichthum, welche diese Kunst in christlicher Zeit erlangt hat.

Wo, wie bei den Hellenen, das Subject für sich wenig galt, und die Rücksicht auf allgemeine Zwecke überall das Vorherrschende war, da mußte der künstlerische Geist sich mehr zur Darstellung des Allgemeinen, als des Besondern wenden. Da nun in den Göttern die sittlichen, politischen und natürlichen Verhältnisse verkörpert waren, so suchte und fand die bildende Kunst in den Gestalten der Götter und dann auch der als Heroen vergötterten Menschen die Stoffe für ihre Thätigkeit. Schon Homer hatte die Götter in vollendeter Menschengestalt, handelnd und leidend, wohlwollend oder abgeneigt, belohnend und strafend, ja auch mit schlimmen Leidenschaften und kleinlichem Eigensinn behaftet dargestellt. Die Göttersagen des Orients sind theils finster und grausam, theils abenteuerlich und überspannt; die Gestalten ihrer Götter häufig fratzenhaft, unförmlich, ins Ungeheure gehend. Auch in den ältesten griechischen Gebilden fand sich noch Manches von der unbeholfenen Häßlichkeit und Formlosigkeit des Morgenlandes, aber der klare bildende Geist fand die richtige Art und Weise, den Göttern die Erhabenheit und Schönheit in menschlicher Gestalt zu geben. Dies wurde durch eine sorgfältige Beobachtung der Natur erreicht. Die vom Stubensitzen weit entfernte Lebensart der freien Bürger, die Gymnastik, welche von Jugend auf den Leib kräftig und gewandt machte und zugleich dem Künstler den Anblick jugendlicher Rüstigkeit und Geschmeidigkeit ermöglichte, boten die erwünschteste Gelegenheit zur Ausbildung des plastischen Sinnes. Auch die Kleidung paßte in ihrer edlen Einfachheit zu dem Körper, so daß jede Form, jede Bewegung desselben in dem Wurfe der Falten sich ausdrückte. Eine solche Caricatur jeder Kleidung, wie der moderne Frack, kam nicht einmal bei den Barbaren des Alterthums vor. Die Griechen trugen ein längeres oder kürzeres Untergewand, ($\chi\iota\tau\grave{\omega}\nu$) welches keine Aermel hatte, und mit oder ohne Gürtel getragen wurde. Dazu kam das $\iota\mu\acute{\alpha}\tau\iota o\nu$, ein mantelartiges Oberkleid, ein großes, viereckiges Tuch, welches vom linken Arme aus über die Schulter gezogen, und über oder unter den rechten Arm geschlagen wurde. Es gab hier keinen Schnitt des Kleides, sondern in freiem Wurfe ordnete Jeder selbst sein Gewand. Die feinen Griechen legten großen Werth auf eine würdige und gefällige Handhabung des Kleides; an der Art, wie der Rock gegürtet, der Mantel übergeworfen war, erkannte man den Grad der Wohlerzogenheit und der Bildung. Beinkleider zu tragen galt für barbarisch; der Kopf war unbedeckt, wo er nicht den Schutz des Helms, Reisehutes, ($\pi\acute{\epsilon}\tau\alpha\sigma o\varsigma$) der Schiffermütze nöthig hatte. Da nun schon die gewöhnlichen Lebenserscheinungen den Künstler so sehr förderten, so gab die ideale Richtung der Bildnerei den Antrieb zum Großen und Bedeutenden. Die Gestalten der Götter und Heroen konnten nur in großen, allgemeinen Zügen ausgedrückt werden. Das Zufällige und Willkürliche wurde beseitigt, und mehr die Bedeutung des Körpers im Allgemeinen und Ganzen, als des Gesichtes mit den besondern Gemüthsstimmungen angegeben. So kam es, daß die griechische Bildnerkunst den Leib in Ruhe und Bewegung schon mit großer Meisterschaft darzustellen verstand, während der Kopf noch starr und leblos blieb.

Ein besonderer, auffallender Zug ist das sogenannte griechische Profil. Ad. Stahr sagt hierüber: „Das Eigenthümliche des griechischen Profils besteht darin, daß es einen sanften, ununterbrochenen Zusammenhang zwischen den obern und untern Gesichtstheilen erzeugt. Die Nase wird dadurch der Stirn, dem Sitz des Geistes angeeignet, und erhält selber einen geistigen Charakter, während bei einer tief einschneidenden Nasenwurzel der Ausbruck einer scharfen Trennung des Geistigen und Animalischen entsteht.“ Ob diese Form mehr eine Nachahmung einer nationalen Eigenthümlichkeit oder ein Erzeugniß des Schönheitssinnes war, läßt sich nicht mit Bestimmtheit entscheiden. Doch kam diese Gesichtsbildung nicht allgemein vor; es gab auch Menschen mit Adlernase und Stumpfnase. Die Wangen treten neben der Nase weit zurück, und ziehen sich in sanfter Wendung nach dem Kinne zu. Die Augen sind gewöhnlich groß, stark gewölbt und tiefliegend. Die Stirne ist sanft gewölbt, aber nach unserer Vorstellung, welcher eine hohe Stirne für eine besondere Schönheit gilt, etwas niedrig. Um die Stirne ziehen sich die Haare in einem ununterbrochenen Bogen ohne Spur der Ecken an den Schläfen. Die Form des Haarwuchses zeigt die größte Sorgfalt, ohne ins Kleinliche zu gerathen. Die Art des Haares ist fast für jedes Götterbild eigenthümlich. Zeus hat volle Locken; sie sind in freie Massen zertheilt, die vordern an der Stirne aufwärts gerichtet und nur mit der Spitze herabfallend. Der Kopf des Poseidon ist dem des Zeus nachgebildet, hat aber weniger Hoheit und mehr verworrenes Haupthaar ohne jene Stirnlocken. Die Haare Apollons sind geordnet, im Nacken herabfallend, gescheitelt, über der Stirn durch eine Binde gehalten. Hermes hat kurze, leichte Locken, Herakles dichtere, fast negerartige Haare. Das weibliche Haar ist gewöhnlich gescheitelt und mit einem Bande zusammengehalten; auch erscheint es oben gelockt oder in einen Knoten geschlungen. Der Mund ist stets ein wenig geöffnet, wie wenn ein Wort auf den Lippen schwebte. Das Kinn ist rund und voll, und hat einen Ausdruck sinnlicher Behaglichkeit. Wenn in den Gesichtern der griechischen Bildwerke manches Nationale angedeutet zu sein scheint, so geht, was den übrigen Körper betrifft, das Streben der Kunst hier besonders auf Darstellung des Gesunden. Die Beine sind schlank, an den Knieen ist von dem natürlichen Knochenbau soviel ausgedrückt, als zur Bewegung nothwendig ist, ohne in zu genaue Darstellung einzugehen; der Kopf ist häufig etwas kleiner, als in der Natur. Was das Material betrifft, so waren die rohen Idole der ältesten Zeit buntbemalte Schnitzbilder. Diese wurden durch die aus Gold und Elfenbein zusammengesetzten Statuen (ἀγάλματα χρυσελεφάντινα) ersetzt, welche aus einem Holzkern bestanden, um den Goldplatten für das Gewand und Elfenbein zur Darstellung der nackten Theile gelegt wurden. Auch gab es mit Goldblech überzogene Holzbilder, bei welchen die äußersten Theile, Kopf, Arme und Füße, aus Stein waren. Diese nannte man Akrolithen. Endlich wurde das Holz ganz aufgegeben und durch den weißen Marmor oder das Erz ersetzt. Wie weit sich die Polychromie in der Plastik ausgedehnt habe, ist ebenso unbestimmt, wie die Anwendung derselben in der Baukunst. Es wurde, wie es scheint, nicht bloß der Saum der Gewänder, sondern zuweilen die ganze Kleidung durch farbigen Schmuck bezeichnet; ebenso war es bei Waffen und Diademen. Der Stern des Auges erhielt oft eine dunkle Farbe. Auch bei den Lippen und Haaren finden sich Spuren der Polychromie. In späterer Zeit trieb man allerlei Spielereien, indem man durch Silbermischung zum Erze die Todtenblässe der Jokaste nachzuahmen suchte. Die im Erzguß eingesetzten Augen von Silber und dunklen Steinen, denen nicht, wie beim Marmor, ein über das Nackte verbreiteter Fleischton das mildernde Gegengewicht gab, werden, wie Vischer (Aesth. §. 608) richtig sagt, abscheulich bleiben, und wenn es hundertmal Griechen waren, die sie einsetzten.

In der griechischen Plastik kam neben den idealen Gestalten auch die Form und Eigenthümlichkeit des thierischen Lebens zur Darstellung. Das Thierische erscheint als eigenes Wesen, wie Adler, Pferd, Kuh und andere Thiere, entweder als einzelne Gestalt oder im Dienste der Götter und Menschen. Das Thierische findet sich aber auch in Zusammensetzung mit dem menschlichen Körper. Von einer Vergötterung der Thiere oder jenen undeutlichen Sinnbildern des Morgenlandes, welche in widerlichen Verbindungen thierischer Glieder mit menschlichen Formen den Charakter göttlicher Macht auszudrücken suchten, findet sich bei den Hellenen keine Spur. An den oberen Göttern duldete ihr Schönheitssinn nichts Thierisches, aber bei solchen Untergottheiten, in welchen man das Elementare und Leblose der Natur personificirt dachte, zeigt sich die Spur eines alten Naturdienstes in einzelnen, thierischen Gliedern. Doch auch hier haben die edleren Theile, Kopf und Brust, stets völlig menschliche Gestalt, und nur an untergeordneten Theilen macht sich das Thierische sichtbar. So hat es eine Beziehung auf das Element des Wassers, wenn die Flußgötter am Oberkörper menschlich und dann in einen Fisch ausgehend dargestellt sind. Die Satyrn, in denen sich eine gröbere Sinnlichkeit und Derbheit ausspricht, finden wir mit Bocksfüßen und Schweif, mit Hörnern an der thierähnlichen Stirne und grinsendem Gesichte, den mittelalterlichen Teufelsfratzen ähnlich. Aber sie sind auch hinwieder mit schlanken, durchaus menschlichen Gliedern, nur mit thierisch geformten Ohren, mit einem feinen Ausdrucke behaglicher Sinnlichkeit oder schadenfrohen Muthwillens abgebildet worden.

Die erste Epoche der griechischen Bildnerkunst.

Wie bei der Baukunst, ebenso ist bei der Plastik der Griechen unsere Kenntniß der frühesten Zeiten eine höchst mangelhafte. Selbst den spätern Hellenen kam die Ueberlieferung vom Entwicklungsgange der Bildnerkunst nur im Gewande der Sage zu. Diese nennt die Telchinen (Τελχῖνες) auf

Kreta, Cypern und Rhodos, welche die ersten Metallarbeiter gewesen sein sollen, und als tückische Kobolde galten, wie denn auch den Zwergen und Gnomen des Mittelalters allerhand Kunstfertigkeiten beigelegt wurden. Von dem kretischen Künstler Dädalos berichtet die Ueberlieferung, daß er der Urheber eines bedeutenden Fortschritts in der Kunst war, indem er durch Oeffnung der bisher geschlossenen Augen und durch Trennung der fest am Körper der Götterbilder anliegenden Arme und Beine eine Bewegung in diese steifen Gestalten brachte.

Aus der dunkeln Vorzeit ist uns nur ein einziges Denkmal erhalten, jene Löwen über dem Hauptthore der Burg von Mykenä, die schon bei der Baukunst erwähnt wurden. An einer Felswand des lydischen Berges Sipylos befindet sich eine sehr große Reliefdarstellung, welche für das Bild der trauernden Niobe angesehen wird. In den homerischen Gedichten wird die Arbeit in edlen Metallen häufig erwähnt, und wir treffen Geräthe aller Art, Becher, Krüge, Waffen und Schilde mit mannigfaltigem bildnerischem Schmucke. Der Schild des Achilleus, von dem Götterkünstler Hephaistos selbst gefertigt, ist mit bildlicher Darstellung des ländlichen und städtischen Lebens, des Friedens und des Krieges versehen. „Es ist, wie Lübke ganz richtig anmerkt, derselbe Kreis von Anschauungen, den auch die Reliefcompositionen assyrischer Kunst uns zeigen; es ist die schon dort hervortretende Auffassung des wirklichen Lebens in seiner Fülle und Breite, was hier offenbar noch im Zusammenhang mit der Kunst des Orients als Gegenstand der Plastik zur Geltung kommt."

Wenn in der Heroenzeit und noch später solche Werke als Arbeiten der Götter gepriesen werden, so finden wir mit dem siebenten Jahrhundert schon mehr geschichtliche Nachrichten von künstlerischen Thaten menschlicher Personen. Eines der wichtigsten Werke dieser ersten Epoche war die Lade des Kypselos, welche die Kypseliden, das reiche, korinthische Herrschergeschlecht, nach Olympia geweiht hatten. K. Otfr. Müller sagt hierüber: „sie war aus Cedernholz, von bedeutendem Umfange, wahrscheinlich elliptisch. Die Figuren waren theils aus dem Holze hervorgearbeitet, theils aus Gold und Elfenbein eingelegt, in fünf übereinander liegenden Streifen, die Pausanias herumgehend beschreibt. Sie enthalten Scenen aus den heroischen Mythen, zum Theil auf die Ahnen des Kypselos, der aus Thessalien stammte, bezüglich." Ein anderes gepriesenes Werk war der Thronsessel des Apollo im lakonischen Amyklä, ein Werk des Bathykles aus Magnesia, der in der zweiten Hälfte des sechsten Jahrhunderts lebte. Die Flächen waren mit Darstellungen aus der Mythologie bedeckt, und das Ganze trug ein Erzbild des Apollo, in roher, riesenhafter Form, nur mit dem Haupte und der Andeutung der Hände und Füße versehen. Als bedeutende Meister werden auch Rhökos und Theodoros aus Samos genannt, denen man die Erfindung des Erzgusses zuschreibt. Ferner erscheinen Dipoenos und Skillis, welche zu Argos und Sikyon thätig waren und die Gründer einer Kunstschule daselbst wurden. Daß in dieser Epoche die bildende Kunst noch auf einen Zusammenhang mit orientalischer Cultur hindeutet, hat Kugler ganz richtig bemerkt. Es sind nur wenige Denkmäler dieser alten Plastik auf uns gekommen. Im Museum zu Palermo befinden sich zwei vollständige Metopenreliefs des alten Tempels zu Selinus in Sizilien. Hier ist Perseus dargestellt, wie er die Medusa tödtet, und Herakles, der auf seiner Schulter zwei menschliche Ungethüme als Gefangene mit sich fortschleppt. Der Styl in diesen Ueberresten ist streng und hart, die Medusa abscheulich, die übrigen Gestalten plump, die Gesichter starr, mit aufgerissenen Augen, hervortretenden zusammengepreßten Lippen, breiter Stirne und stark vorspringender Nase. Bei diesen Gebilden erscheint ferner ein höchst störender Mangel, der an die altorientalische Kunst mahnt. Der obere Theil der Gestalten ist dem Zuschauer zugewendet, während die Füße in fortschreitender Stellung seitwärts verdreht sind. Jedoch rühmen die Alterthumsforscher an diesen Werken eine gewisse sichere Kunstfertigkeit, eine sorgfältige Behandlung und verständige

Benützung des Raums. Auch bemerkt man Spuren von rother Bemalung des Hintergrundes und der Gewandsäume. Aus dieser Entwicklungszeit des plastischen Styls sind noch einige Marmorstatuen vorhanden. Dazu gehört ein Apollobild von Tenea bei Korinth, welches sich jetzt in der Glyptothek zu München befindet. Die Formen des Körpers sind hier mit größerer Naturwahrheit, leichter und schlanker gegeben. Aber im Gesichte ist ein ausdrucksloses Lächeln, und die Füße sind ungeschickt behandelt. Im Ganzen sieht man die strenge, dorische Kunst Siziliens hier schon durch attische Fein= heit etwas gemildert. Einige Sculpturen Kleinasiens zeigen ein frühes Einbringen der weichen, joni= schen Kunstweise, wie man dieses an den Bildwerken des sogenannten Harpyienmonumentes zu Xanthos in Lydien bemerkt hat. Es ist ein pfeilerartiges Grabdenkmal, dessen obern Rand ein Streifen von Reliefdarstellungen umgab, die sich jetzt im britischen Museum zu London befinden. Die Darstellungen beziehen sich auf die das menschliche Schicksal beherrschenden Mächte, thronende Gottheiten, denen Gaben dargebracht werden; an andern Seiten sind Harpyien, welche Kindergestalten entführen. Die zierliche Anordnung des Haares, die Weichheit der Gewänder, die in lauter gleichlaufende Falten geordnet sind, der lächelnde Ausdruck der Mienen und das steife Einherschreiten bezeichnen durchaus den Charakter dieser Frühzeit der Plastik.

Die alten Schriftsteller, besonders Pausanias, berichten von Kunstschulen, welche in dieser Zeit in Griechenland wirkten. In Argos lebte Ageladas, welcher Statuen von Göttern und Siegern in den olympischen Kämpfen in Erz bildete, und die nachmaligen Hauptkünstler der Plastik, Phidias, Myron und Polykletos zu Schülern hatte. In Sikyon war besonders Kanachos der Begründer einer angesehenen Kunstschule. Die reiche, handeltreibende Insel Aegina rühmte sich des Kallon und Onatas. In Athen thaten sich besonders Hegias und Kritias hervor. Von dem Letztern war eine berühmte Gruppe der Tyrannenmörder Harmodios und Aristogniton. Da die Werke dieser Meister vernichtet sind, so können die Andeutungen der Kunstschriftsteller nur einen unbestimmten Begriff von dem Styl und der Technik dieses Zeitraumes geben. Deshalb ist es sehr hoch anzuschlagen, daß vor einem halben Jahrhundert die berühmten Statuengruppen des Athenetempels zu Aegina aufgefunden wurden. Ihre Entstehungszeit setzt man in die Jahre 500 bis 480 vor Christus, und sie sind jetzt eine Kost= barkeit der Münchener Glyptothek. Elf Figuren vom westlichen Giebelfelde sind fast ganz erhalten, und von den östlichen so viel, daß sich die Anordnung des Ganzen ausfindig machen läßt. Der Stoff dieser bildlichen Darstellungen ist aus den Kämpfen der Griechen gegen Troja, der Streit um den Leichnam eines gefallenen Griechen, den Athene beschützt. In der Mitte steht die Göttin im vollkom= menen Waffenschmucke, den Gefallenen behütend, nach welchem ein Feind schon die Arme ausstreckt. Von beiden Seiten bringen in ebenmäßiger Aufstellung zwei Männer mit geschwungenen Lanzen heran, denen auf jeder Seite zwei knieende Krieger, der Eine mit dem Bogen, der Andere mit dem Speere folgen; den äußersten Winkel des Giebels füllt auf jeder Seite ein verwundet Hingestreckter. Im westlichen Giebelfeld ist der Kampf um den Leichnam des Achilleus dargestellt, welchen Ajas und andere Griechen gegen die Trojaner vertheidigen, unter denen man den Paris an der phrygischen Mütze erkennt. Im östlichen Giebelfeld schützen Herakles, der hier durch das Löwenfell kenntlich ge= macht ist, und Telamon die Leiche des Argivers Oikles gegen den trojanischen Laomedon. Mit Aus= nahme der Pallas Athene sind alle andern Figuren unbekleidet, und nur ein Helm deckt das kurze, gekräuselte Haar. Die Körper sind mit voller Naturwahrheit und vollkommener Technik bis ins Ein= zelne ausgeführt. Die verschiedenen Bewegungen und Stellungen, das Vordringen, Hinsinken, Nieder= knieen, Vorwärtsbeugen, sind mit freier Lebendigkeit nachgeahmt; im Ganzen ist aber die Kraft, nicht die Schönheit des Körpers das Ziel der Darstellung gewesen. In den Gesichtern herrscht eine starre

Ausbruckslofigkeit, um den Mund spielt ein albernes, fast unheimliches Lächeln, es ist keine Spur eines Seelenausbruckes, oder auch nur einer Aufregung beim Kampfe. Die Gestalt der Göttin ist in zwar feierlicher, aber steifer Haltung hingestellt. Dagegen erscheint ein ganz richtiges Verständniß für die Anordnung der Figuren im architektonischen Raume. Den Uebergang zur vollenbeten Ausbildung der Plastik sieht man an einigen Künstlern, welche durch einen schönern Styl, und besonders durch die Aufnahme bisher noch nicht bargestellter Gegenstände sich den folgenden, großen Meistern nähern. Kalamis aus Athen war ein sehr gewandter Bildner, welcher einen mannigfaltigen Kreis von Stoffen in Marmor, Erz und Golbelfenbeincomposition barstellte. Besonders ausgezeichnet sollen seine Pferde gewesen sein. Ein anderer bebeutender Künstler, gleichfalls in Athen wirkenb, war Myron, welcher meistens in Erz arbeitete. Die Alten priesen seine Bilder der Götter, der Heroen und Siegerstatuen von Athleten. Unter den Athletenfiguren sind einige wegen der ebenso kühnen als kunstvollen Darstellung besonders gelobt worden; so die Statue des Schnelläufers Labas und des berühmten Diskuswerfers ($\delta\iota\sigma\varkappa o\beta\acute{o}\lambda o\varsigma$,) von welchem eine treffliche Marmorcopie in Rom sich befindet. Ebenso ausgezeichnet war Myron als Darsteller der Thiere, unter welchen die Figur einer Kuh so berühmt war, daß sie zu einer ziemlichen Anzahl lobender Sinngedichte, die sich noch in der griechischen Blumenlese erhalten haben, die Dichter begeisterte.

Die classische Periode der griechischen Bildnerkunst.

Die Plastik war durch die vorhergenannten Künstler zu der vollen Kenntniß des Körperlichen, zur Ueberwindung der Schwierigkeiten des Materials gebracht worden, und konnte sich nun zu jener hohen Schönheit erschwingen, die für alle Zeiten musterhaft werden sollte.

Nach den so rühmlichen Siegen über die Perser begann in Griechenland ein neues Leben, es erwachte dem knechtischen Orient gegenüber, beffen Schwäche man kennen gelernt hatte, das nationale Gefühl, der Geist der Freiheit. In Athen vereinigte sich das ganze hellenische Wesen in seinen mannigfaltigen Erscheinungen auf dem Gebiete des Staates, in der Wissenschaft und Kunst, besonders aber in der bramatischen Poesie, in der Baukunst und Plastik auf die glänzendste Weise. Hier lebte Phibias, einer der größten Künstler aller Zeiten, welcher um das Jahr 500 vor Christus geboren wurde. Seine Lehrer in der Plastik waren Hegias und Agelabas, und schon unter der Staatsverwaltung Kimons war er in der Kunst angesehen. Aber erst, als sein Freund Perikles die Angelegenheiten Athens leitete, brachte er jene hohen Werke hervor, die ihm die Bewunderung der Zeitgenossen verschafften. Im Alter wurde er von den Feinden des Perikles in eine gerichtliche Anklage verwickelt und starb im Gefängnisse. Von seinen Werken sind uns noch umständliche Nachrichten zugekommen. In die erste Zeit seines Lebens gehören mehrere große Erzgruppen, welche in Delphi aufgestellt waren. Unter ihnen befand sich ein Standbild des Miltiades. Aus dieser Epoche stammt auch das mächtige Bild der Athene, welches auf der Akropolis zu Athen stand, und auf dem Meere schon von ferne sichtbar wurde. Diese Statue der Pallas Athene, als der schützenden Vorkämpferin ($\pi\rho\acute{o}\mu\alpha\chi o\varsigma$) des attischen Landes mag mit dem Fußgestelle die Höhe von 70' erreicht haben. Auf alten Münzen sind noch Abbilder berselben erhalten. Eine noch glänzendere Gelegenheit zur Anwendung seines plastischen Genies bekam Phibias bei den großartigen Bauten, mit welchen Perikles seine Vaterstadt schmückte. Der herrliche Reichthum plastischer Arbeiten, womit die Akropolis prangte, ist aus der Hand des Phibias, seiner Schüler und Gehülfen hervorgegangen. Besonders gefeiert war bei den Alten das im Festtempel (Parthenon) befinbliche Bild der Athene Parthenos. Die spurlos verschwundene Statue war 40' hoch aus Gold und Elfenbein über einen hölzernen Kern zusammengefügt. Die Göttin war aufrechtstehend, als friedliche Schützerin dargestellt. Ein goldener Helm bedeckte das edle Haupt, ein Panzer mit dem elfenbeinernen Medusenhaupte die Brust, ein langes Goldgewand die ganze Gestalt. Der Schild war auf den Boden gestellt, die Lanze angelehnt, um hier die Göttin in ihrem friedlichen Walten zu bezeichnen. Auf der ausgestreckten rechten Hand schwebte eine sechs Fuß hohe Statue der Siegesgöttin (*Nixη*) mit einem goldenen Kranze, als Andeutung der Siegespreise, welche hier vor dem Bilde der Göttin von den Obrigkeiten Athens den Siegern in den Panathenäischen Festspielen übergeben wurden. An dieser Athene war das Material und der Schmuck gleich kostbar, denn einer= seits wollte man die Gottheit durch das Werthvollste ehren, was man ihr darbringen konnte, anderer= seits wollte man in diesem plastischen Werke auch den Reichthum und Glanz der Stadt sehen lassen. Die nackten Theile waren aus Elfenbein, die Augen durch Edelsteine ausgedrückt, Haar, Kleidung und Waffen aus Gold geformt. Diesen Umstand benützten dann später die Gegner des Phidias zu der niederträchtigen, als falsch erwiesenen Beschuldigung gegen den Künstler, als habe er einen Theil des kostbaren Stoffes unterschlagen. Die Mitte des Helms zierte eine Sphinx und an den Seiten desselben waren zwei Greifen sichtbar; am Schilde waren Kämpfe der Amazonen, der Götter und Giganten abgebildet. Bei allem Reichthume erschien jedoch die Gestalt in der edelsten Einfachheit, in der großartigsten Würde. Der Meister hatte das Wesen der Athene, als der weisen, ernsten, gnädigen Beschützerin Attika's vollkommen verkörpert, und die besten, auf unsere Zeiten gekommenen Standbilder der Athene geben uns noch eine freilich schwache Vorstellung dieses einzigen Vorbildes. Die Athene des Parthenon wurde im Jahre 437 vor Christus vollendet und aufgestellt. Wohl mochte mancher Athener der Spätzeit, als der Glanz der Stadt längst erblichen war, der Verse Solons gedenken:

Unsere Stadt wird nimmer von Zeus allwaltendem Schicksal,
Oder der Götter Beschluß in das Verderben gestürzt.
Ueber ihr waltet mit Kraft des erhabensten Vaters erhab'ne
Tochter Athene, und hält über sie schützend die Hand.
Aber die eigenen Bürger beeifern sich, frevelnder Thorheit
Voll, zu zerstören die Stadt, folgend der schnöden Begier.

Wenn das Standbild der Athene die allgemeine Bewunderung hervorrief, so steigerte sich dieselbe zum höchsten Grade, als Phidias in seinen letzten Lebensjahren das große Bild des Zeus aus Gold und Elfenbein hervorbrachte, welches in Olympia aufgestellt wurde, und für ein unerreichbares Meisterwerk galt. Nach Vollendung der plastischen Arbeiten auf der Burg zu Athen wurde Phidias in das peloponnesische Elis berufen, wo er mit seinen geschicktesten Schülern in einer eigenen Werk= stätte arbeitete, welche noch lang von den Freunden der Kunst mit Verehrung besucht wurde. Der Zeus des Phidias saß in der Cella des Festtempels zu Olympia auf einem glänzenden Throne, um das Haupt schlang sich ein goldener Oelkranz; in der rechten Hand hielt er die Siegesgöttin, in der linken einen prachtvollen Herrscherstab, das Sinnbild der Gewalt. Der Oberkörper war nackt, aus glänzendem Elfenbein geformt, den Unterkörper umhüllte ein mit Blumen und Figuren belegter gol= dener Mantel. Im Gegensatz zu der einfachen Erhabenheit der Gestalt des Gottes war der Thron= sessel verschwenderisch mit Figuren und Reliefbildern aus der Göttersage und dem Leben der Heroen, mit Gold, Edelsteinen, mit Elfenbein und Ebenholz geschmückt. Aus dieser Fülle von Glanz und Pracht, wo die reichste Phantasie sich mit der vollendetsten technischen Ausführung vereinigte, erhob sich in ruhiger, wunderbarer Hoheit die Gestalt des obersten Gottes der Hellenen. Dieser Zeus des Phidias war aufgefaßt als der gütige, milde Geber der Wohlfahrt, der sich gnädig aus olympischer Seligkeit zu den Sterblichen gewährend neigt, aber auch als der Allgewaltige, der Furchtbare, welcher die Titanen und Giganten überwunden hatte. Der Künstler hatte die Verse Homers im Sinne gehabt, wo Zeus der Thetis ihre Bitte zugesteht:

> Aber wohlan, mit dem Haupte dir wink' ich es, daß du vertrauest,
> Solches ist ja meiner Verheißungen unter den Göttern
> Heiligstes Pfand; denn nie ist wandelbar oder betrüglich,
> Noch unvollendet das Wort, das mit winkendem Haupt ich gewähret.
> Also sprach und winkte mit schwärzlichen Brauen Kronion,
> Und die ambrosischen Locken des Königes walleten vorwärts
> Von dem unsterblichen Haupt; es erbebten die Höh'n des Olympos.   (Ilias. I. 524. ff.)

Der Tempel und das Bild wurden später durch einen Brand zerstört, und nur in Nachbildungen der Folgezeit können wir uns einen annähernden Begriff des Meisterwerkes machen. Die schönste dieser Copien ist die große Zeusbüste von Otricoli, welche im vaticanischen Museum in Rom aufgestellt ist. Die mähnenartigen, auf beiden Seiten niederwallenden Haare, die hohe Stirne, die großen Augen, die kräftig gebildete Nase, die vollen Lippen und der dicht gekräuselte Bart geben den reinsten Ausdruck von männlicher Kraft und Schönheit. Der Eindruck des Zeusbildes zu Olympia war im Alterthum ein ans Wunderbare grenzender, wie aus vielfachen Berichten und Erzählungen hervorgeht. In einem Epigramme der griechischen Anthologie heißt es:

> Zeus kam selbst vom Olympos herab, dir zu zeigen sein Antlitz,
> Phidias; oder du stiegst ihn zu beschauen hinauf.

Wem es in Griechenland immer möglich war, der wanderte nach Olympia, und es galt für ein Unglück, den Gott daselbst nicht gesehen zu haben. Der römische Feldherr Aemilius Paulus, der nach dem Siege über den Perseus eine Reise durch Griechenland machte, glaubte den Gott selbst gegenwärtig gesehen zu haben. (Jovem velut praesentem intuens motus animo est. Livius.) Die schönste Sage über die Unübertrefflichkeit dieses Kunstwerkes ist jedoch folgende: Phidias habe nach Vollendung des Bildes dasselbe lange Zeit gedankenvoll betrachtet, und dann den Gott um ein Zeichen seines Wohlgefallens gebeten. Da sei bei heiterem Himmel ein Blitz herniedergefahren als untrügliches Zeichen des höchsten Wohlgefallens des Donnergottes. Hier mögen noch Goethe's Worte angeführt sein: „Ist das Kunstwerk einmal hervorgebracht, steht es in seiner idealen Wirklichkeit vor der Welt, so bringt es eine dauernde Wirkung, es bringt die höchste hervor; denn indem es aus den gesammten Kräften sich geistig entwickelt, so nimmt es alles Herrliche, Verehrungs= und Liebenswürdige in sich auf, und erhebt, indem es die menschliche Gestalt beseelt, den Menschen über sich selbst, schließt seinen Lebens= und Thatenkreis auf, und vergöttert ihn für die Gegenwart, in der das Vergangene und Künftige begriffen ist. Von solchen Gefühlen wurden die ergriffen, die den olympischen Jupiter erblickten, wie wir aus den Beschreibungen, Nachrichten und Zeugnissen der Alten uns entwickeln können. Der Gott war zum Mensch geworden, um den Menschen zum Gott zu erheben. Man erblickte die höchste Würde und ward für die höchste Schönheit begeistert. In diesem Sinne kann man wohl jenen Alten Recht geben, welche mit völliger Ueberzeugung aussprachen, es sei ein Unglück, zu sterben, ohne dieses Werk gesehen zu haben."

Phidias stellte vorzüglich solche Götterbilder dar, in welchen die Erhabenheit des Wesens sich offenbart, und man sagte deßwegen von ihm, er allein habe die Ebenbilder der Götter vor seinem Geiste gehabt. Die Erzählung, daß er im Wettstreite mit andern Meistern eine Amazone gebildet, und darin von seinem großen Kunstgenossen Polykletos übertroffen worden sei, beweist seine mehr dem Idealen als Realen zugewendete Richtung der Phantasie. Mit seinem Genie verband er aber auch die Kenntniß aller Fertigkeiten der Technik, welche die Kunst im Laufe der Zeit errungen hatte, und wußte die Schwierigkeiten jedes Materials siegreich zu behandeln. In seinen umfassenden Arbeiten unterstützten ihn zahlreiche Schüler und Gefährten. Der Hervorragendste unter ihnen scheint Alkamenes gewesen zu sein, welcher der hohen Richtung seines Meisters folgend, meistens der Darstellung göttlicher Gestalten sich widmete. Man erwähnt von ihm ein Bild der Aphrodite Urania in Athen und eine Statue der Pallas, welche nach Vertreibung der dreißig Tyrannen durch Thrasybulos im Heraklestempel zu Theben als Weihgeschenk aufgestellt wurde; ferner waren Standbilder des Ares, Hephaistos, des Asklepios, Dionysos und der Hera Werke seiner Hand. Außerdem ist von ihm die Gruppe des Kampfes der Centauren und Lapithen im westlichen Giebelfelde des Tempels zu Olympia. So erscheint Alkamenes in Bezug auf Reichthum des künstlerischen Schaffens als würdiger Zögling des Phidias. Neben ihm finden wir als die besten Schüler den Agorakritas, den Päonios, welcher für den Zeustempel zu Olympia die Figuren des östlichen Giebelfeldes meißelte, wo der Wettkampf des Pelops und Oenomaos dargestellt war, und den Kolotes, welcher eine besondere Geschicklichkeit in der Bearbeitung des Goldes und Elfenbeins gehabt haben soll.

Trotz der beklagenswerthen Zerstörung und Verstümmelung im Laufe der Zeit haben sich glücklicher Weise noch bedeutende Reste griechischer Plastik in unsere Zeit hinübergerettet, durch deren Entdeckung und sorgfältige Betrachtung es möglich wurde, eine annähernde Vorstellung jener verschwundenen Herrlichkeit der Periode höchster, griechischer Kunstblüthe zu gewinnen. Die Alterthumsforscher und Freunde des Schönen sahen mit staunender Freude, wie hoch sich die Werke aus der Zeit des Phidias über alle jene späteren Werke erheben, die noch im vorigen Jahrhundert von Winkelmann, dem großen Begründer der Kunstgeschichte, als das Unerreichbarste gepriesen worden sind.

Unter den erhaltenen Resten sind die Bildwerke des Theseustempels sehr merkwürdig. Die Figuren des Giebels sind nicht mehr vorhanden, aber die an der Fläche der Metopen, der Vorhalle und des Hinterhauses befindlichen erhobenen Arbeiten (Reliefs, ἐκτυπώματα) sind noch meist vollständig. Die Metopen zeigen die Kämpfe des Herakles und des Theseus in kräftiger, lebhafter Bewegung und sinnreicher Anordnung. In der hintern Halle sieht man die Schlacht, welche Theseus mit seinen Landsleuten und dem thessalischen Bergvolke der Lapithen gegen die halbthierischen Centauren lieferte, als diese die Hochzeit des Peirithoos im trunkenen Frevel zu stören versuchten. (Man vergleiche die Erzählung des Ovid. Metamorph. XII. 210. ff.)

In dieser Darstellung sieht man die volle Kraft und Kühnheit der Bewegung, des Kampfes, der Leidenschaft im Ausdrucke der Körper und der Köpfe; hier ist nicht mehr jene unfreie, starre Haltung, wie sie in den ältern Werken und zum Theil noch in der Aeginetengruppe vorkommt. Einen noch höhern Fortschritt zur vollendeten Schönheit zeigen die von Phidias und seinen Schülern entworfenen und ausgeführten Bildwerke des Parthenon. Es war ein böses Verhängniß, daß durch die im Jahre 1687 erfolgte Zerstörung des Gebäudes die Kunstwerke nur in einer Masse einzelner Bruchstücke auf uns gekommen sind, aus welchen sich schlechterdings kein klarer Begriff von der Einheit des Ganzen gewinnen läßt. Doch genügen auch diese spärlichen Reste, um eine Vorstellung von der hohen Meisterschaft des Ganzen zu geben. Durch eine glückliche Fügung kam der französische Künstler Carrey ungefähr ein Jahrzehent vor dem Kriege der Türken und Venetianer, dessen Opfer der Parthenon wurde, nach Athen, und verfertigte von den damals noch vollständiger erhaltenen Giebelgruppen genaue Zeichnungen, die im Besitze der Pariserbibliothek sind. Aus diesen Abbildungen in Verbindung mit den Berichten der Alten wurde die Kunstgeschichte die ergänzende Vorstellung der ganzen Anordnung und des Inhalts der Sculpturen des Parthenon möglich gemacht. Die Idee der Bildwerke des Tempels der Athene war, wie sich von selbst versteht, die Verherrlichung der Göttin. Im östlichen Giebel über dem Eingange des Tempels war aller Wahrscheinlichkeit nach das erste Erscheinen der Athene unter den Göttern dargestellt. Die Figuren des Mittelraumes sind verloren gegangen, aber die an den Ecken sind größtentheils erhalten. Links sieht man Iris und Nike, rechts sind ruhende Gestalten, von Einigen für die Töchter des alten, attischen Königs Kekrops, von Andern für Gottheiten gehalten; links sind ebenfalls weibliche Figuren und ein herrlicher, ruhender Jüngling, in welchem man den Theseus zu finden glaubt. In einer der äußersten Ecke ist Selene mit ihrem in das Meer niedertauchenden Gespanne, in der Andern Helios sichtbar, wie er mit muthigen Rossen aus dem Gewässer emporsteigt, gleichsam Licht und Heil verkündend wegen der Ankunft der Schutzgöttin Athene. Was von diesen Gestalten gerettet ist, wurde durch Lord Elgin nach England geschafft, wo es die Hauptzierde des britischen Museums in London ist. Sowohl die bekleideten, weiblichen Figuren, als die nackte Gestalt des Heros sind mit unvergleichlicher Lebenswahrheit und dabei doch in so majestätischer Hoheit aufgefaßt, daß sie zum Schönsten gehören, was je die bildende Kunst geleistet hat.

Ebenso herrlich waren ohne Zweifel die Sculpturen des westlichen Giebelfeldes, von welchen nur wenige Reste sich erhalten haben. Zur Zeit, als der schon erwähnte Maler Carrey in Griechenland war, stand der Bilderschmuck dieses Giebels noch vollständig' da, wie die Zeichnung beweist. Es war hier die Entscheidung des Kampfes dargestellt, welchen Poseidon und Athene um die Herrschaft über das attische Land führten. Der Meeresgott hatte durch den Stoß seines Dreizackes auf der Akropolis eine Quelle aus dem Boden entlockt. Athene hatte daneben einen Oelbaum aus dem harten Boden hervorwachsen lassen, und hatte dadurch, als die größere Wohlthäterin, die Herrschaft des Landes erlangt. Der Künstler hatte die Göttin dargestellt, wie sie siegreich ihren Wagen besteigen will, während Poseidon im Zorne über seine Niederlage sich nach der andern Seite wendet. An den äußersten Ecken waren ein Flußgott und eine Quellnymphe angebracht. Die geringen Reste lassen trotz der kläglichen Verstümmelung noch auf eine seltene Kraft und Schönheit der ganzen Gruppe schließen.

Sehr ausgedehnt waren die Bildwerke der Metopen, von welchen nur wenige, und auch diese in höchst zerbröckeltem Zustande im britischen Museum sind. Deshalb wird es nie gelingen, den Gedankenzusammenhang dieser Bildwerke deutlich machen zu können. Die Metopen der südlichen Seite des Tempels stellen Centaurenkämpfe dar, deren künstlerische Behandlung in der attischen Plastik eine beliebte Aufgabe gewesen zu sein scheint. Die Gestalten treten stark aus der Fläche hervor, und sind in heftiger, kühner Bewegung gegeben. Die Körperbildung ist sehr schön, und die Figuren sind ebenso frei als passend dem Raume eingefügt. Bei manchen dieser Gestalten zeigt sich aber etwas Starres, Hartes, Gezwungenes, so daß sie die Arbeit einer weniger sichern Hand, vielleicht eines Gehülfen, zu sein scheinen. Ein seltener Reichthum an Bildwerken befand sich an dem über dem Hauptbalken (Architrav) liegenden Fries, welcher die Umfassungsmauer der Cella in einer Länge von 522' umgab, wovon noch über 400' meistens in gutem Zustande erhalten sind. Hier hatte der Künstler mit geistreicher Beziehung auf die Göttin des Tempels den Festzug geschildert, welchen die Bürger von Athen an den Panathenäen auf die Burg veranstalteten, wobei der Schutzgöttin ein von Jungfrauen Attikas gefertigtes Prachtgewand (πέπλος) als Festgabe dargebracht wurde. Bei dieser Procession vereinigte sich alles, was Athen an schöner und kräftiger Jugend, an ernster Mannheit, an würdigem Greisenalter hatte. Lübke bemerkt ganz richtig, daß der Plastik wohl nie eine bessere Gelegenheit geboten würde, Anmuth und Hoheit in vielgestaltigem Reichthum zu entfalten, und daß diese Aufgabe von Phidias in unerreichlicher Weise gelöst wurde. Ueber dem Eingange der östlichen Seite ist eine Versammlung thronender Götter, in deren Gegenwart des Prachtgewandes Uebergabe an Athene geschieht.

Die zunächst stehende Gruppen, aus obrigkeitlichen Personen und Archonten bestehend, warten im ruhigen Gespräche auf das Ende der Feierlichkeit. An sie schließen sich von beiden Seiten, theils einzeln, theils in Gruppen, athenienfische Mädchen an, welche verschiedene Opfergeräthe tragen; sie sind in reichen, faltigen Gewändern, einfache, ernste, herrliche Gestalten. Einen lebhaften Gegensatz zu diesen ruhigen Gruppen machen die Darstellungen an der südlichen und nördlichen Seite des Tempels. Hier kommen zuerst zum Opfer bestimmte Rinder und Widder, bald ruhig gehend, bald sich widersetzend, und mit Mühe von den Führern gehalten; dann folgen Männer und Frauen, dann Träger von Opfer= gaben in Körben und Krügen, dann Musiker mit Flöten und Saiteninstrumenten. An diese reihen sich die Wagenkämpfer mit ihren stattlichen Gespannen und endlich die jungen Männer der Stadt, auf muthigen Rossen einhersprengend, in anmuthigster Mannigfaltigkeit. An der westlichen Seite erblickt man andere Jünglinge, die sich so eben zum Zuge anschicken, die Rosse zurichten, besteigen und bän= digen. Auf solche Weise hat der Meister Beginn, Fortgang und Ende des Festzuges in tiefdurchbachter, mannigfaltiger Anordnung zu einem Ganzen verbunden. Seit Phidias hat wohl kein Künstler, mit Ausnahme des großen Thorwaldsen in seinem Alexanderzug, eine Reliefdarstellung von so strenger Gesetzmäßigkeit, so sorgfältiger Bildung des Einzelnen, in so schönheitsvoller Reichhaltigkeit her= vorgebracht.

Die Bildwerke des Erechtheions sind aus späterer Zeit, als die des Parthenons. Unter den wenigen Ueberresten, die wir noch besitzen, sind besonders die sechs Figuren merkwürdig, welche das Dach einer Nebenhalle des Erechtheions tragen. Diese Figuren, (in der Baukunst Karyatiden genannt), sind herrliche Jungfrauenbilder mit langen, herabwallenden Kleidern, auf deren Häuptern das leichte Gebälk der Decke ruht.

Die Sculpturen am Tempel der Nike Apteros sind in besserem Zustande. Es sind Relief= barstellungen eines Kampfes zwischen Griechen und Persern vor einer Versammlung zuschauender Götter. In den Gestalten der Götter ist ruhige Würde, in denen der Kämpfenden kräftiger Ausdruck leiben= schaftlicher Anstrengung und Bewegung.

Der Schönheitssinn der Periode des Phidias verstand es auch das Gräßliche zu adeln und mit einem eigenthümlichen, wenn auch schauervollen Reize zu umgeben. Die Gorgonen waren bei den Griechen gespenstige, töbtliche, Furcht einjagende, versteinernde Schreckensgestalten. Medusa galt unter ihnen als die furchtbarste. In der ältern Kunst war die Medusa als gräuliche Ungestalt aufgefaßt, in der Blüthezeit hellenischer Plastik entstand die Rondaninische Medusa, die jetzt in der Glyptothek zu München ist. Es ist eine Gestalt, gräßlich und wunderbar schön zugleich, einer der höchsten Siege der Bildnerkunst. In den Mundwinkeln und in der erschlaffenden Unterlippe zucken noch die stehen= gebliebenen Krämpfe eines furchtbaren Todes durch das ursprünglich edle Gesicht. (Ueber die Fabel der Medusa vergl. Ovid. Metamorphosen IV. 654 und 793).

Der Athenienfischen Bildnerkunst stellte sich die von Polykletos, einem etwas späteren Zeitgenossen des Phidias, in Argos gegründete Kunstschule würdig zur Seite. Talent und Auffassung des Poly= kletos, welcher bei Agelabas gelernt hatte, neigt sich in einer Richtung zu Phidias, in der andern zu Myron hin. Mit diesem hat er den offenen Sinn für die Natur, die sorgfältige Ausführung, die Vorliebe für den Ausdruck reiner Menschenschönheit gemein; an Phidias erinnert er durch die stille Ruhe und die großartige Erhabenheit in der Idealgestalt der Hera. Polykletos, der seine Werke gewöhnlich in Erz goß, hat das Standbild der Hera in Elfenbein und Gold ausgeführt, so daß es in Beziehung auf das Material und den Grundgedanken den großen Statuen des Zeus und der Athene des Phidias zur Seite gestellt werden konnte. Im Tempel zu Argos hatte nun Polyklet die Königin ber Götter aufgestellt, auf einem prächtigen Throne sitzend, eine herrliche Krone auf dem Haupte, mit Ausnahme des Gesichtes und der Arme, welche von Elfenbein waren, in ein goldenes Gewand gehüllt. Wie Phidias für alle Zeiten das Musterbild des Zeus, so hat Polykletos das der Hera geschaffen. Von der erhabenen Schönheit dieses Bildwerkes gibt eine Nachbildung aus späterer Zeit, der groß= artige Junokopf in der Villa Ludovisi zu Rom, einen lebhaften Begriff. Goethe spricht mit Begeisterung davon, und Schiller sagt mit tiefem Verständniß: „es ist weder Anmuth noch Würde, was aus dem herrlichen Antlitz einer Juno Lodovisi zu uns spricht, weil es Beides zugleich ist. In sich selbst ruht und wohnt die ganze Gestalt, eine völlig geschlossene Schöpfung, als wenn sie jenseits des Raumes wäre, ohne Nachgeben, ohne Widerstand; da ist keine Kraft, die mit Kräften kämpfte, keine Blöße, wo die Zeitlichkeit einbrechen könnte."

Nächst der Hera wird das Erzbild des Hermes zu Lysimachia in Thracien gerühmt; auch das Bild des Salmoneus, Königs von Elis, der im Uebermuthe sich den Göttern gleichstellen wollte, aber vom Zeus erschlagen wurde, muß von großartiger Naturwahrheit gewesen sein, wie folgendes Epigramm der griechischen Anthologie schließen läßt:

Mich Salmoneus formte mit künstlicher Hand Polykleitos.
Gegen den Donner des Zeus tobte mein wüthender Sinn.
Jetzo bekrieget der Gott mich im Aides, schleudernd des Blitzstrahls
Flammen, beseelet von Haß gegen die stumme Gestalt.
Hemme, Kronide, den Zorn und die sprühenden Blitze! Das Ziel ist
Leblos. Kämpfe nicht mehr gegen entseeltes Gebild.

Polyklet wandte aber am liebsten seine Kunst der Darstellung jugendlich kräftiger, männlicher Gestalten zu. Eines seiner ausgezeichnetsten Werke dieser Art wurde als Richtschnur und Regel (Κανών) jugendlicher Schönheit betrachtet. (Canona artifices vocant, lineamenta artis ex eo petentes, velut ex lege quadam. Plinius.) Auch soll er in einer Schrift seine Ansichten über die Verhältnisse des menschlichen Körpers dargelegt haben. Sehr gepriesen wurde auch der Diabumenos, ein Jüngling von edler Form, welcher sich die Siegerbinde um die Stirne wand, den wir aus einer Nachbildung zu Rom kennen. In gleichem Ansehen war die Statue eines sich von Staub und Oel mit dem Kratz= eisen reinigenden Wettkämpfers, (ἀποξυόμενος,) so wie einer Amazone, mit welcher er den Preis über den Phidias gewann. Der Ausdruck der Leichtigkeit und Festigkeit kam besonders auch dadurch in die Bildwerke des Polykletos, weil er nach den Zeugnissen der Alten der Erste war, welcher die Gestalten auf Einem Fuße ruhend, mit leicht zurückgezogenem, anderem Fuße darstellte; ut uno coure insisterent signa, wie Plinius sagt.

Die Schüler Polykles folgten mit mehr oder minder Erfolg der Kunstart ihres Meisters. Unter ihnen ist Naukydes der Bedeutendste, von dessen Werken besonders die Hebe im Tempel zu Argos, die an der Seite der Hera stand, und ein Diskoswerfer, der sich ruhig zum Kampfspiele an= schickt, erwähnt werden. Als ein Werk polykletischer Schule oder Richtung bezeichnet Kugler auch die Bronzestatue eines betenden, jungen Menschen, des sogenannten Adorante, einer wunderbar herrlichen Gestalt, im Berliner Museum befindlich.

Neben den Künstlerwerken der Schule von Athen und Argos, gibt es noch bedeutende Reste, die sich auf keinen bestimmten Namen zurückführen lassen. Sehr interessant sind die Sculpturen des Apollotempels zu Bassä bei Phigalia in Arkadien, welche in der ersten Hälfte unseres Jahrhunderts ins britische Museum nach London gebracht wurden. Die Bildwerke des von Iktinos erbauten Tempels haben nach dem Gutachten der Kenner einen von der attischen Kunst durchaus verschiedenen Styl.

Den Inhalt bilden Kämpfe mit Amazonen und Centauren, in der Mitte sind Apollo und Artemis. Es herrscht in diesen Reliefs eine Kühnheit der Bewegung, ein Reichthum der Erfindung, wie sie in den attischen Tempeln des Theseus und der Nike wenig zu finden ist; allein es fehlt die feine, attische Mäßigung, man findet übertriebene, harte, selbst unschöne Einzelheiten, die an die verwilderten Zeiten des peloponnesischen Krieges gemahnen.

Die plastischen Trümmer vom Zeustempel in Olympia sind von tüchtiger, naturgemäßer Behandlung, und befinden sich jetzt im Louvre in Paris. Ein stierbändigender Herakles hat den gewaltigsten Ausdruck der Körperkraft; von großer Anmuth ist eine auf einer Felsenplatte sitzende Nymphe, welche den Thaten des Helden zuzusehen scheint.

Die späteren Epochen der griechischen Plastik.

Vom vierten Jahrhundert an bis auf Alexander den Großen äußert sich in den Kunstleistungen überhaupt und besonders in der Plastik ein von dem frühern ganz und gar verschiedener Geist.

Die Eifersucht und feindselige Gesinnung der beiden Vormächte Griechenlands, Spartas und Athens, hatten nach langjährigen Anschuldigungen und Reibungen endlich zum offenen, erbitterten Kampfe geführt. Es brach der peloponnesische Krieg aus, in welchem der lange im Verborgenen gehegte Haß sich in tückischer Wildheit, in roher Grausamkeit Luft machte, und die schrecklichsten Folgen in politischer und sittlicher Beziehung nach sich zog. Der große Geschichtschreiber Thukydides hat uns ein tief tragisches Bild jenes heillosen Bruderkampfes hinterlassen. Es brach die Zwietracht in den Städten aus, und in der Folge ging man in listiger Berückung des Gegners und in grausamer Rachsucht immer weiter und weiter. Je nachdem man die Gesinnungs- und Handlungsweise loben oder tadeln wollte, gab man den Dingen andere Namen. Thörichte Verwegenheit nannte man entschlossenen Muth, zaudernde Klugheit hieß Feigheit, Besonnenheit wurde als Furchtsamkeit angeschwärzt. Andern Schlingen zu legen und die von Andern bereiteten Nachstellungen zu entdecken, wurde besonders gepriesen. Freundschaft und Bündnisse beruhten nicht auf Treue und Glauben, sondern auf gemeinsamem Frevel. Versprechen und Eide wurden ohne Bedenken des Vortheils wegen gebrochen, die als vollendete Thatsache hingestellte Gewaltthat galt für Wahrheit und Recht.

Nach dem Kriege, in welchem das Schwert und die Seuchen Tausende hinweggerafft hatten, folgte eine Auflösung und Erschlaffung Griechenlands, die durch Nichts mehr aufzuhalten war. Das leidenschaftliche, aufgeregte, subjective Wesen der Zeit drang nun auch in die Kunst ein. Die ernste, feierliche Darstellung der Götter wich jetzt der blühenden Anmuth, der kunstverklärten Wirklichkeit des menschlichen Daseins; an die Stelle der in Kampf und Sieg ausgeprägten Körperkraft trat nun der Ausdruck der Seelenstimmungen, Leidenschaften und Gemüthsbewegungen. Als Material wählte der Bildner jetzt besonders den Marmor, in welchem die feinern, einzelnen Züge und Formen viel besser und reiner gegeben werden konnten, als in Gold und Elfenbein, welche ohnehin für die durch den langen Krieg sehr erschöpften Städte ein zu theures Material geworden waren. Der öffentliche, für Denkmäler religiöser und heroischer Art bestimmte, monumentale Charakter der Kunst ging mehr und mehr verloren, sie trat allmählig in die Abhängigkeit und Gunst der Reichen und Großen. Aber trotz der Ungunst der Zeit sind die Griechen auch in dieser Zeit noch reich an bedeutenden Kunstwerken.

Als erster großer Meister der Bildnerkunst begegnet uns Skopas, aus der Insel Paros abstammend. Er lebte bis gegen die Mitte des vierten Jahrhunderts, und ist neben dem etwas spätern

Praxiteles der Hauptmeister der neuern, attischen Kunstrichtung. Er verstand es ganz besonders, die Gewalt der Leidenschaften mit aller Macht darzustellen. Als Werke seines frühern Wirkens werden die Giebelgruppen des Athenetempels zu Tegea in Arkadien erwähnt, wo er die Sage von der bekannten kalydonischen Jagd (vergl. Ovid. Met. 8. 260. ff.) und den Kampf des Achilleus mit dem Myserkönige Telephos (vergl. Horat. Epodon. 17. 8.) darstellte. Unter seinen spätern Leistungen ist besonders Apollo bekannt, welcher mit lorbeerbekränztem Haupte, in langem, faltigem Gewande begeistert die Saiten rührt. Die Statue wurde von Augustus nach Rom gebracht, und das noch im Vatikan vorhandene Bild scheint eine Copie derselben zu sein. Von dem stürmischen Ausbruck bacchischer Begeisterung der Mänade des Skopas zeugt eine Nachbildung im Louvre in Paris. Noch bedeutender war eine Giebelgruppe von Meergottheiten, welche auf Delphinen und Seeungeheuern reitend, mit Thetis an der Spitze dem Achilleus die von Hephaistos geschmiedeten Waffen brachten.

Der zweite Hauptmeister dieser Richtung, Praxiteles aus Athen, zeichnete sich durch reichere Phantasie und einen umfassendern Kreis der Stoffe aus. Er arbeitete wohl auch in Erz, gab aber dem Marmor in den meisten Fällen den Vorzug. Praxiteles bildete nach den Berichten der Alten Götter und Menschen, männliche und weibliche Gestalten, wobei die stille Anmuth, die süße Ruhe der Gemüthsstimmung von ihm bevorzugt wurde. Zur Schilderung bewegter, leidenschaftlicher Art scheint er weniger aufgelegt gewesen zu sein. Besonders gerne wählte er Aphrodite und Eros als Gegenstände seiner Kunst. Die alten Schriftsteller sind voll von Lobpreisungen über die Aphrodite von Knidos in Karien, für welche der König Nikomedes eine ungeheure Summe angeboten haben soll. Die Göttin war gegen das gewöhnliche Herkommen unbekleidet dargestellt, in anmuthiger Bewegung, mit jenem feuchten, sehnsüchtigen Blicke, den die Griechen ύγρὸν ὁρᾶν zu nennen pflegten. Unter den vielen Nachbildungen dieses Werkes scheint die Venus von Melos in Paris noch am meisten auf die Aphrodite von Knidos hinzuweisen, vielleicht aber noch mehr auf die bekleidete Statue derselben Göttin zu Kos, welche von Einigen noch höher geschätzt wurde. Nicht minder berühmt war die Marmorstatue des Eros zu Thespiä in Böotien, von welchem ein im Vatikan zu Rom befindlicher Torso, d. h. Rumpf ohne Arme und Beine, mit jugendlich zartem Körper und träumerischem Ausbrucke des sanft geneigten Hauptes einen Begriff geben mag. Ein anderes bedeutendes Werk des Meisters ist ein Erzbild des Apollo als Eibechsentödter, (σαυροκτόνος) von welchem mehrere Nachbildungen vorhanden sind. Die anmuthige, jugendliche Gestalt, die an den Baumstamm gelehnt, mit dem erhobenen Pfeil in der Rechten dem am Stamm heraufschlüpfenden Thiere auflauert, läßt, wie Lübke ganz wahr sagt, in dem graciösen Spiele kaum noch den Gott selber erkennen. Man sieht hier ein deutliches Beispiel, wie die Götteridealität der frühern Zeit einem mehr sinnlichen Reize, einer genreartigen Auffassung Platz gemacht hat. Unter den Gestalten, welche Praxiteles aus dem Kreise des Dionysoscultus bildete, war ein Satyr in einem Tempel zu Athen am berühmtesten. Die vielen Statuen eines jugendlichen Satyrs, welcher mit dem rechten Arm in nachlässiger Anmuth an einem Baum sich haltend, sinnend in die Ferne schaut, sind wohl Nachahmungen dieses Werkes des Praxiteles.

Unter den noch geretteten Werken der attischen Schule dieser Zeit sind einige Reliefstücke des Tempels der Nike Apteros zu Athen die bedeutendsten. Auf einer Platte sieht man zwei Weiber, welche mit Anstrengung ein sich sträubendes Opferthier halten; auf der Andern ist eine herrlich gewandete Frau, welche die Sandale des rechten Fußes auflöst. Besonders anziehend sind die Bildwerke an dem schon erwähnten choragischen Denkmale des Lysikrates, welche die von Bacchus an den frechen tyrrhenischen Schiffern genommene Rache darstellen. (Man vergleiche die lebendige Erzählung dieses Vorgangs in Ovids Metamorphosen. Lib. III. 570 ff.).

Eines der bekanntesten Werke dieser Periode, für uns aber nur in Nachbildungen erhalten, war die Gruppe der Niobe mit ihren Kindern. Das ursprüngliche Werk, welches wahrscheinlich am Giebel eines Apollotempels in Kleinasien gestanden, wurde später nach Rom gebracht. Schon im Alterthum waren die Meinungen getheilt, ob das Werk von Skopas oder Praxiteles sei. Für diesen spricht folgendes Distichon der griechischen Anthologie:

Aus dem Leben zum Stein hat der Himmlischen Hand mich gewandelt;
Aber Praxiteles schuf wieder zum Leben den Stein.

Der ganze Charakter des Werkes, die unübertreffliche Darstellung eines furchtbar gewaltigen Schicksals, weist auf den Meißel des Skopas hin. Der Gegenstand ist die schon von Homer (Ilias 24. 601) berührte und von Ovid mit rhetorischer Ausführlichkeit in den Verwandlungen (Lib. VI. 146 ff.) erzählte Strafe, welche Apollo und Artemis an der wegen ihrer Kinder sich frevelhaft über= hebenden Niobe vollzogen. Von der ursprünglichen Gruppe sind die Mutter mit der jüngsten Tochter, der Erzieher mit dem jüngsten Sohne und außerdem sechs Söhne und drei Töchter, die Hauptfiguren sammt der Mutter in Florenz erhalten. Eine knieende Jünglingsfigur, der sogenannte Ilioneus, befindet sich in der Glyptothek zu München und eine fliehende Mädchengestalt im Museum zu Berlin. Die Gruppe stellt den Augenblick der Entscheidung dar. Die unsichtbaren Gottheiten haben ihre Todes= geschosse entsendet. Ein Sohn liegt dahingestreckt, die andern fliehen, getroffen oder bedroht, der Mutter zu. Einer der Söhne sucht noch im Fliehen eine zu seinen Füßen niederstürzende Schwester mit seinen Armen zu stützen, während ein Anderer, zum Tode getroffen, sich noch emporraffen will. Im Mittelpunkte steht in ächt antiker Hoheit die Mutter, welche noch vergeblich ihre jüngste Tochter zu schützen sucht. Das stolze Haupt richtet sich aufwärts mit einem Blicke, in welchem sich tiefer Schmerz und heroische Seelengröße, die sich dem schrecklichen Unvermeidlichen fügt, in wunderbarer Weise vereinigen. J. Overbeck sagt über dieses Kunstwerk: „es ist ein Heldengeschlecht, das hier groß und still der göttlichen Uebermacht erliegt, gegen die es sich frevelnd erhoben hatte. Kein Weheruf, kein Angstgeschrei entflieht ihren Lippen. Still wie eine geknickte Blume sinkt die sterbende Schwester zu den Füßen des Bruders nieder, der auch im eilenden Laufe noch die Schwester sanft aufzufangen und mit dem Gewande zu schützen sucht; auch der Pfleger der Kinder sucht noch den zarten, jüngsten Sohn zu bergen; nur ein Seufzer entwindet sich der Brust der im Nacken getroffenen Tochter, während in dem ältern der knieenden Söhne noch ein Funken vom feurigen Stolze seiner Mutter lebt, der ihn das Haupt wie trotzend dem Verderben entgegenwenden läßt. Was immer auch das Maß der Haltung, der Stärke und der stillen Größe in diesem untergehenden Königshause sein mag, es bildet nur die Grundlage für die Erhabenheit der Mutter, welche den Mittelpunkt des Ganzen bildet, und zu der sich der Blick, die Theilnahme immer wieder zurückwendet, so oft sie bei den umgebenden Personen verweilt haben mögen. In dieser einen Gestalt schon liegt die Versöhnung für all den entsetzlichen Jammer, der sie umgibt; sie erhebt uns in ihrer ächt antiken Hoheit, mit der sie das Geschick erträgt, auf jene reine Höhe des Mitgefühls, zu der auch die Tragödie des classischen Alterthums uns emporträgt." —

Endlich sind aus Kleinasien mehrere Reliefs, welche aus Budrun, dem alten Halikarnassos, ins britische Museum und theilweise in Privatbesitz nach Genua kamen. Den Inhalt bilden kräftig und mannigfaltig dargestellte Amazonenkämpfe. Vermuthlich rühren sie, nach Kuglers Ansicht, von dem Prachtbau des Mausoleums her; Schule und Richtung des Skopas, der mit seinen Genossen dort gearbeitet hat, scheint sich in ihnen mit voller Entschiedenheit auszusprechen.

Ganz verschieden von der attischen Kunst, die auch noch in diesem Zeitraum einer mehr idealen Richtung huldigte, ergab sich die peloponnesische Plastik einer mehr naturalistischen Darstellung. Hauptmeister dieser Schule ist Lysippos aus Sikyon, welcher noch lange zu Lebzeiten Alexanders des Großen thätig war. Wenn die Berichte des Alterthums, welche ihm 1500 Werke zuschreiben, nicht übertrieben sind, so ist ihm an Fruchtbarkeit vielleicht nur der große Maler Rubens gleichzustellen. Lysippos arbeitete nur in Erz und liebte kolossale Darstellung, wie unter Andern ein 60 Fuß hohes Zeusbild zu Tarent zeigt. Den größten Ruhm erwarb er sich durch die Vollendung des Heraklesideals, als des vollkommensten Ausdruckes körperlicher Manneskraft. Von Heraklesstatuen nennen die Alten ein Kolossalbild zu Tarent, einen ruhenden Herakles, von dem der Herakles im Batikan wohl eine Copie ist, und den Herakles ἐπιτραπέζιος, auf einem Steine sitzend, in der Rechten einen Becher, in der Linken die Keule, in so kleinen Verhältnissen, daß man das Ganze für einen Tafelaufsatz hält. Eines ganz besondern Ruhmes genoß aber Lysippos durch seine Porträtstatuen Alexanders des Großen, den er vom Knabenalter an in den verschiedensten Verhältnissen darstellte. Auch in umfangsreicheren Bildwerken hat er seinen königlichen Gönner dargestellt; so schilderte eine Erzgruppe die Rettung Alexanders durch Krateros auf einer Löwenjagd, ein anderes Denkmal zeigte den König mit 34 Kriegern im Gefechte gegen die Barbaren. In allen diesen Werken rühmen die Alten die treue Wiedergabe des Charakters, die lebendige Anschaulichkeit, die Schönheit des menschlichen Körpers, welchen Lysippos feiner, schlanker, mit im Verhältnisse zum Rumpfe kleinerm Kopfe, also mit einiger Abweichung von dem Muster oder Kanon des Polykletos bildete. Eine ganz berühmte Statue ist in Bezug auf ge= schmeidige, männliche Körperkraft ein sich mit dem Schabeisen vom Staube reinigender Athlet, (ἀπο- ξυόμενος) von welchem eine sehr gelungene Marmorcopie in Rom sich befindet. Daß Lysippos auch die Thiere in der vollen Kraft und Wahrheit des Daseins aufgefaßt habe, ist nach der ganzen Art seiner Kunstweise nicht zu bezweifeln. Merkwürdig ist auch die Anwendung der Allegorie, welche Lysippos in der plastischen Kunst vornahm. In der griechischen Anthologie wird ein Bild der Zeit in folgenden Versen dialogisch erklärt:

> Woher stammt der Bildner? Aus Sikyon. Aber wie heißt er?
> Nenn' ihn Lysippos. — Und dich? Alles besingende Zeit.
> Warum geht auf den Zehen dein Gang? Ich laufe beständig.
> Warum Flügel am Fuß? Fliegend durchschneid' ich die Luft.
> Aber der Stahl in der Hand, was bedeutet er? Dieser verkündet
> Scharf, wie der schneidende Stahl, eile die flüchtige Zeit.
> Warum weht dir das Haar auf der Stirn'? Der Begegnende fasse
> Hier mich. Aber weshalb bist du von hinten so kahl?
> Schwebt' ich einmal über dich hin mit beflügelten Sohlen,
> Ziehst du die Fliehende nie, was du auch thätest, zurück.
> Aber weshalb denn formte der Künstler dich? Euch zur Belehrung.
> Darum hat er mich auch hier in die Halle gestellt. —

Diese allegorische Figur kann man vielleicht noch gelten lassen, weil ihre Bedeutung durch das Wort uns verständlich gemacht ist. Schlimmer ist es aber mit der allegorischen Darstellung des günstigen Augenblickes (Καιρός) von Lysippos, worüber sich Carriere (Aesth. I. p. 419) also äußert: „Lysippos gibt seinem Kairos eine Wage und ein Rasirmesser in die Hände. Apollo schießt mit seinem Bogen, Zeus schwingt Blitze, Pallas führt ihre Lanze, aber der Kairos will weder wägen noch schneiden, er ist ein Krämer und Bartscherer; beide Attribute bedeuten nicht was sie sind, dienen nicht als Werke zu Handlungen des günstigen Augenblickes, sondern sie sollen an das griechische

Sprichwort erinnern, daß das Glück auf der Schärfe des Scheermessers steht *), also keine breiteste Grundlage des festen Standes hat, und an jenes andere von Goethe wiedergegebene: „auf des Glückes goldner Wage steht die Zunge selten ein." Mit Recht sagt Brun in der Geschichte der griechischen Künstler, daß solch ein Gebilde für die classische Zeit der Plastik durchaus frembartig sei, das Erzeugniß einer unkünstlerischen Reflexion, weil sie die Formen, durch welche die Kunst sprechen soll, zur Bezeichnung von etwas Anderm mißbraucht, als diese durch sich selbst darzustellen vermögen. Allen allegorischen Beziehungen liegt lediglich ein Vergleich zu Grunde; er kann geistreich sein, aber eben so oft wird er hinken; auf diesem Wege ist stets nur eine willkürliche Verbindung des Innern und Aeußern, keine nothwendige, allgemein verständliche und allgemein gültige Form zu erreichen." Auch K. Otfr. Müller urtheilt im selben Sinne über die Allegorie: „die Allegorie, welche Begriffe durch äußere Gestalten mit dem Bewußtsein ihrer Verschiedenheit andeutet, ist ein Spiel des Verstandes, welches nicht im Kreise der eigentlichen Kunstthätigkeit liegt." —

An jeden der erwähnten Meister reiht sich ein Kreis von Künstlern. Unter ihnen sind hervorzuheben Leochares als Darsteller des Ganymedes, Silanion wegen seiner sterbenden Jokaste und Chares, der den Koloß des Sonnengottes zu Rhodos bildete.

In dieser Zeit kam auch das Porträt immer mehr in Aufnahme; Staatsmänner, Feldherrn, Philosophen, Dichter und Dichterinnen wurden häufig eben so lebenswahr, als kunstschön dargestellt. —

Die letzte Epoche hellenischer Plastik reicht von Alexanders Tod bis zur Eroberung Griechenlands durch die Römer. Der politische Zustand Griechenlands seit dem Ausgange des peloponnesischen Krieges bietet wenig Erfreuliches. Einige Männer, wie Epaminondas, Demosthenes erinnern noch an den alten Glanz, während später Andere, wie Philopömen, Agis und Kleomenes vergeblich den Untergang aufhalten wollen. Alexander führt die frische Kraft Makedoniens zum Kampfe gegen das verrottete Perserreich, aber mit seinem frühen Tode gehen die Früchte seiner Eroberungszüge verloren; Griechenland und Asien werden zuletzt eine Beute der Römer.

Durch Alexanders Vorbringen im Osten war das hellenische Wesen weit verbreitet worden, büßte aber dadurch viel von seiner Ursprünglichkeit und Selbstständigkeit ein, indem allmählig manches von orientalischem Wesen und Einfluß sich geltend machte, was natürlich nicht ohne Rückwirkung auf die Kunst blieb. In den zum Theile verarmten, griechischen Republiken dieser Zeit fanden die Künstler keinen Boden ihrer Wirksamkeit mehr, und suchten nun an den Höfen der Fürsten Ruhm und Auskommen. So gerieth die Kunst aus der Verherrlichung eines freien Volkes in den Dienst des Ehrgeizes und des Luxus, und so nach und nach in leeren Schein, in Haschen nach Effekt und gesuchte Künstelei. Dennoch hatte die bildende Phantasie der Griechen noch immer ein solches Maß von schöpferischer Kraft in sich, daß sie neue Werke hervorbrachte, welche vor der genauern Kenntniß der Sculpturen des Parthenon für das Unerreichlichste angesehen wurden. Die Eigenthümlichkeiten dieser Kunstwerke liegen in einer bis zu sinnlicher Gewalt gesteigerten Ausdrucksweise der Leidenschaft und einer fast in's Malerische übergehenden Art der Darstellung, indem die plastische Gestalt nicht mehr in der idealen Ruhe des Daseins verbleibt, sondern in Beziehung nach Außen tritt, und so die von Außen kommenden Eindrücke in sich aufnimmt und wiedergibt. Unter den griechischen Freistaaten war es hauptsächlich Rhodos, wo die Kunst ihre Stätte fand; unter den Fürstensitzen zeichnete sich Perga-

---

*) Vergl. Ilias 10. 173.
Denn nun steht es allen fürwahr auf der Schärfe des Messers;
Schmählicher Untergang den Achäern, oder auch Leben.

mos aus. Als ersten Meister der Schule von Rhodos treffen wir den Chares, einen Zögling des Lysippos, von welchem die eherne Kolossalstatue des Sonnengottes herrührte, die später durch eine Erderschütterung in Trümmer fiel. Das berühmteste Werk der rhodischen Schule ist die in der vatikanischen Antikensammlung zu Rom stehende Gruppe des Laokoon, die im Jahre 1512 aufgefunden wurde; ein Werk des Agesandros, Athenodoros und Polydoros.

Die Idee dieses Kunstwerkes ist die Darstellung eines furchtbaren Göttergeschickes, welches einen Vater und dessen Söhne zermalmt. Laokoon, (vgl. Virgil Aeneid. lib. II. 40—56 und 199—232) ein trojanischer Priester, wurde nach der Sage wegen seiner an dem durch Götterkunst erbauten Pferde verübten Entweihung am Opferaltare durch Schlangen getödtet. Das furchtbare Ereigniß ist im Augenblicke des höchsten Entsetzens in der Gruppe dargestellt. Die Schlangen kommen von der rechten Seite des Zuschauers her. Beide schnellen sich, nachdem die Eine den ältern Sohn mit dem Schweife umwickelt hat, nach der linken Seite hin, wo sich der jüngere Sohn befindet. Der Vater wendet sich nach dem Knaben, um ihn gegen die Thiere zu vertheidigen und ergreift eines derselben. Aber die Schlange fährt nun an ihm selber hinauf und beißt ihn in die Seite, so daß er in krampfhafter Pein sich windet. Bekannt ist die schöne Beurtheilung, welche Winkelmann über den Laokoon abgab: „eine Statue im höchsten Schmerze, nach dem Bilde eines Mannes gemacht, der die bewußte Stärke des Geistes gegen denselben zu sammeln sucht, und indem sein Leiden die Muskeln aufschwellt und die Nerven anspannt, tritt der mit Stärke gewaffnete Geist in der aufgetriebenen Stirn hervor, und die Brust erhebt sich durch den beklemmten Athem und durch Zurückhaltung des Ausdrucks der Empfindung, um den Schmerz in sich zu fassen und zu verschließen. Das bange Seufzen, welches er in sich zieht, erschöpft den Unterleib und macht die Seiten hohl, was uns gleichsam von der Bewegung seiner Eingeweide urtheilen läßt. Sein eigenes Leiden scheint ihn weniger zu beängstigen, als die Pein seiner Kinder; denn das väterliche Herz offenbart sich in den wehmüthigen Augen, auf denen das Mitleid in einem trüben Dufte zu schwimmen scheint." —

Zu dieser Gewalt des Ausdruckes der Theilnahme und des Schmerzes in den Gesichtern des Vaters und der Söhne kommt noch eine vollständige Kenntniß der Formen des Körpers, eine treffliche Anordnung, eine vollendete Technik. Aber bei aller Bewunderung ist doch ein gewisses, fast theatralisches Streben nach Effekt nicht zu läugnen, und die Herrschaft des Leidenschaftlichen geht weiter, als sich die ideale Schule eines Phidias erlaubt haben würde. —

Ein anderes Bildwerk aus derselben Zeit und Schule ist die von Apollonios und Tauriskos aus Tralles in Lydien verfertigte große Gruppe des sogenannten, farnesischen Stiers, welche sich in Neapel befindet. Diesem Werke liegt eine thebanische Sage zu Grunde, nach welcher Zethos und Amphion zur Vergeltung für ihre von der Dirke verfolgte Mutter, jene an einen wilden Stier banden und zu Tode schleifen ließen. Mit großer Anstrengung suchen die beiden jungen Männer den sich bäumenden Stier niederzureißen und die hilflos dahingesunkene Dirke daran zu befestigen. Die Gruppe ist die größte, die wir aus dem Alterthum besitzen; die Anordnung der Figuren, die genaue Kenntniß der Körperformen, der gewaltige Ausdruck der rächenden That und der verzweifelnden Todesangst lassen das Kunstwerk als ein höchst bedeutendes erscheinen. Jedoch ist nicht zu übersehen, daß die Darstellung sich an der äußersten Grenze des der plastischen Kunst Erlaubten bewegt.

Die Schule von Pergamos scheint vorzüglich die Kämpfe dargestellt zu haben, welche die Könige Attalos I. und Eumenes II. gegen die in der zweiten Hälfte des dritten Jahrhunderts v. Chr. in Kleinasien eingefallenen Gallierhorden bestanden. Von den allem Anscheine nach zahlreichen Figurengruppen dieses Stoffkreises kann die noch vorhandene Statue, die man den sterbenden Fechter (gladiator deficiens) nannte, als ein Ueberreſt betrachtet werden. Nach der Meinung der Kunſtkenner iſt es die Figur eines Galliers, welcher vom Feinde bedrängt, ſich mit ſeinem Schwerte durchbohrt hat, den Tod der Schmach der Gefangenſchaft vorziehend. Lübke gibt folgende, ſchöne Beſchreibung dieſes Werkes: „Todesmatt iſt er auf ſeinem großen Schilde zuſammengebrochen, nur mit Mühe hält ihn noch der aufgeſtützte rechte Arm vor völligem Sinken, aber aus der tiefen Wunde unter der Bruſt ſtrömt mit dem Blute das Leben hin, ſchwer beugt ſich der breite Kopf vorn über, Todesſchatten umfloren ſchon ſeinen Blick, ſchmerzvoll zieht ſich die Stirn zuſammen und zu einem letzten Seufzer öffnen ſich die Lippen. Schwerlich gibt es eine andere Statue, in der die bittere Nothwendigkeit des Sterbens ſo erſchütternd wahr zum Ausdruck kommt, um ſo erſchütternder, je kraftvoller dieſer rüſtige Körper iſt, je weniger irgend ein ideeller Ausdruck oder eine harmoniſch ſchöne Bildung der Geſtalt den Eindruck mildert. Denn mit der feinſten Berechnung iſt in der Behandlung des Körpers, in der derben, ſelbſt ſchwieligen Textur der Haut, in dem ſtruppigen, dicken Haar und dem entſchiedenen Racentypus des Kopfes der Charakter des Barbaren im Gegenſatz zu dem fein und harmoniſch durchgebildeten Griechen ausgeprägt. Welch eine Kluft liegt zwiſchen jenen Perſerdarſtellungen der marathoniſchen Zeit in ihrer allgemeinen Idealiſtik und der ſcharf individualiſirten, durch und durch hiſtoriſchen Beſtimmtheit dieſer Gallierſtatuen.“ —

Ein ähnliches Werk iſt eine in der Villa Ludoviſi zu Rom befindliche Gruppe, die man ehedem fälſchlich als Arria und Pätus bezeichnete. Es iſt ein Gallier, welcher ſo eben ſeinem Weibe den Todesſtoß verſetzt hat, und die Zuſammenſinkende noch am linken Arm hält, während er ſelbſt, das ſtolze Haupt gegen den nahenden Feind gewendet, ſich das Schwert in die Bruſt ſtößt. —

Die Zierplaſtik.

Die Griechen hatten einen ſo lebhaften Sinn für Schönheit, daß ſie auch den Gegenſtänden des gewöhnlichen Lebens, Waffen, Geräthſchaften, Münzen eine künſtleriſche Behandlung zu geben wußten. Die Münzen der berühmteſten Kunſtorte Athen, Argos und Sikyon, überhaupt im eigentlichen Griechenland haben ein mehr einfaches, ſtreng alterthümliches Gepräge, während ſie in Großgriechenland und Sizilien in reicherer, mannigfaltigerer Form geſchlagen wurden. Auf den Münzen war jedesmal das Bild der beſonders verehrten, örtlichen Gottheit oder ein auf ſie bezügliches Sinnbild zu ſehen. Erſt in der Zeit nach Alexander mußten die Götter den Köpfen der Fürſten Platz machen. Das künſtleriſche Talent bethätigte ſich mit beſonderer Vorliebe an der Steinſchneidekunſt in den zierlichſten Darſtellungen mythologiſcher und anderer Gegenſtände. Als ausgezeichnetſter Künſtler in dieſem Fache wird Pyrgoteles genannt, dem Alexander mit beſonders großer Huld zugethan war. Später trieb man, beſonders an den Höfen, großen Luxus mit den ſogenannten Gemmen, oder vertieft geſchnittenen Steinen, und erfand auch die Cameen, (ital. cameo, franzöſiſch camée), erhaben geſchnittene Edelſteine mit mehrfarbigen Schichten. Unter den noch erhaltenen, geſchnittenen Steinen ſind die größten und ſchönſten mit ptolemäiſchen Herrſcherköpfen verſehenen in Petersburg und Wien. Die tiefgeſchnittenen Steine gebrauchten die Alten zu Ringen, beſonders zu Siegelringen ($\delta\alpha\kappa\tau\acute{\upsilon}\lambda\iota o\varsigma$); die erhaben Geſchnittenen verwendeten ſie zum Schmucke von Halsbändern, Armringen, Gürteln, Spangen und dergleichen. Eines der anmuthigſten Werke dieſer Art iſt der ſogenannte Siegelring des Michel Angelo, welcher die Darſtellung eines bacchiſchen Mythos, oder wahrſcheinlicher einer Weinleſe enthält. Nach dem Tode des großen italieniſchen Künſtlers, der dieſen Ring beſaß, kam er in den Beſitz des franzöſiſchen Königs Ludwig XIV., und iſt jetzt noch in Paris.

Die Malerei der Griechen.

Ungeachtet der vorzüglichen Begabung der Griechen für die plaſtiſche Kunſt iſt ihnen doch eine hohe Fähigkeit für die Malerei nicht abzuſprechen. Freilich ſuchten die griechiſchen Künſtler in dieſem Fache nicht die eigentlich maleriſchen Wirkungen der Luft, des Lichtes, des Schattens, des Helldunkels zu erzielen, die erſt dem vertieftern Sinne ſpäterer Zeiten verſtänblich wurden, ſondern es blieb auch hier das plaſtiſche Weſen, der Umriß, die Form der Geſtalten die Hauptſache. Da alle Originalgemälde unwiederbringlich verloren ſind, und die Berichte der alten Schriftſteller über die helleniſche Malerkunſt manches Undeutliche und Unſichere enthalten, ſo ſind wir auf dieſem Gebiete unſerer Erkenntniß ziemlich beſchränkt. Die Entſtehung der Malerei wird als Sage überliefert, welche erzählt, die Tochter des korinthiſchen Töpfers Butades habe den Schattenriß ihres ſcheibenden Freundes durch Zeichnung an der Wand feſtgehalten. Der Korinther Kleophantes ſoll zuerſt einfarbige Bilder (Monochromen) gemacht haben, bis ſpäter die lange Zeit gültige Tetrachromie, die Anwendung von Weiß, Roth, Gelb und Schwarz eingeführt wurde. Dieſe Mangelhaftigkeit der Nachrichten wird aber zum Glück durch die Malereien ergänzt, welche man auf den zahlreichen, aus dem Alterthume herrührenden Vaſen gefunden hat, die von den Kunſtkennern einer genauen Unterſuchung unterworfen wurden. Die Orte, wo man bemalte Vaſen gefunden hat, ſind in Griechenland vorzüglich Athen, Korinth und die Inſeln; in Italien traf man die meiſten in Sicilien, Apulien, Lucanien, Campanien und auf etruskiſchem Boden. Die Vaſen von Nola in Campanien haben eine zierliche Form, lebhafte Farben und nicht ſehr viele Figuren. Neben ihnen ſind die Vaſen von Vulci auf etruskiſchem Gebiete die berühmteſten. Man hat früher alle Vaſen auf etruskiſchen Urſprung zurückgeführt, weil in den von den alten Etruskern bewohnten Gegenden beſonders zahlreiche Funde gemacht wurden; aber durch wiederholte, grünbliche Unterſuchungen iſt der griechiſche Urſprung der Vaſen über allen Zweifel feſtgeſtellt. Die in der ältern Zeit vorkommenden Inſchriften dieſer Gefäße weiſen auf Korinth, die ſpätern auf Athen hin, und in dieſen beiden Städten war bekanntlich die Fabrikation von Töpferwaaren ſehr im Gange. Uebrigens beſtand ſpäter neben der Einfuhr aus Griechenland auch eine einheimiſche Fabrikation in dieſem Zweige in Apulien, Lucanien und Etrurien, wobei griechiſche Vaſen als Vorbilder benützt wurden. Die Gefäßformen der zum größten Theil in Gräbern gefundenen bemalten Vaſen ſind ſehr mannigfaltig, und ebenſo iſt auch der Styl derſelben. Aus der älteſten Zeit ſind die aus alten, korinthiſchen Werkſtätten entſtandenen, früher ſogenannten, ägyptiſirenden Vaſen von blaßgelbem Thon mit ſchwarzbraunen Malereien, welche Pflanzen, phantaſtiſche Thierformen und andere Verzierungen barſtellen. Die Art des Schmuckes mag wohl urſprünglich aus dem Oriente überkommen ſein. Eine ſpätere Styliſirung der Vaſen zeigt ſchwarze Figuren auf rothem Grunde. Die Ausführung iſt ſehr ſauber, die Körper ſind in gewaltſamer Bewegung bargeſtellt, aber den von der Seite gezeichneten Köpfen fehlt Schönheit und Lebendigkeit. Noch während dieſes Styls färbte man auf entgegengeſetzte Weiſe die Figuren auf ſchwarzem Grunde roth, und vereinigte zuweilen rothe und ſchwarze Geſtalten auf Einer Vaſe. Man unterſcheidet einen ältern, ſtrengen, und einen jüngern, ſchönen Styl. Jener bekam allmählig eine beſſere Zeichnung, eine mannigfaltigere Anordnung der Gruppen, wobei die Figuren jedoch immer in der Seitenſtellung angebracht ſind. Dieſer hat ſehr geſchmackvolle Formen der Gefäße, und liebt beſonders das Anmuthige und Weiche jugendlicher Geſtalten, wozu die Darſtellungen aus dem Mythenkreiſe des Dionyſos den paſſendſten Stoff hergaben. In der ſpätern Zeit tritt in den Vaſen einheimiſcher italiſcher und etruskiſcher Fabrikation eine Effekt ſuchende Ueberlabung ein. —

Die eigentliche Geschichte der griechischen Malerei beginnt mit Polygnotos dem Thasier, welcher in der zweiten Hälfte des fünften Jahrhunderts mehrere öffentliche Bauten in Athen mit Gemälden ausschmückte. Mit mehreren Genossen malte er in der sogenannten ποικίλη, einer großen Halle, die Kämpfe der Athener gegen die Perser und Scenen aus dem trojanischen Kriege. In Gesellschaft eines andern attischen Malers, Namens Mikon, führte er im Tempel des Castor und Pollux Darstellungen aus der Heldensage aus. Am meisten geschätzt waren aber seine Bilder in einer von den Einwohnern von Knidos in Carien zu Delphi erbauten Halle. (λέσχη.) Hier hatte er die Einnahme Ilions und Odysseus Gang in den Hades in großen Wandgemälden geschildert. Es waren gefärbte Umrißzeichnungen auf farbigem Grunde, nur in vier Farben ohne alle Perspektive vorgetragen, in strenger Einfachheit der Zeichnung, in deutlicher, angemessener Ordnung, in ausdrucksvollen Gestalten. Die Malerei wurde in dieser Zeit in monumentale Verbindung mit der Baukunst gebracht, sie richtete sich nach der einfachen, strengen Darstellung des Großartigen und Ernsten heroischer Begebenheiten, und war der das Einzelne, Mannigfaltige ergreifenden Durchbildung noch fremd. In Bezug auf Ausbildung der Form und größere Kunstfertigkeit schritt die attische Malerei im Laufe der Zeit immer mehr vorwärts. Apollodoros suchte zuerst eine mehr malerische Wirkung, eine kräftigere Form der Gestalten durch Beobachtung von Licht und Schatten hervorzubringen, weswegen der Name Schattenmaler (σκιαγράφος) ihm beigelegt wurde. Nach dem peloponnesischen Kriege wurde die Malerei in Attika längere Zeit sehr wenig gepflegt, machte aber in den Städten Kleinasiens bedeutende Fortschritte. Diese jonische Schule hatte das Verdienst einer vollkommeneren Farbengebung, einer täuschend wahren Form der Gestalten. Wie die Plastik dieser Zeit, wendete sich auch die Malerei zur Wiedergabe des wirklichen Lebens und der Natur in täuschender Wirklichkeit. Die Hauptmeister dieser Schule sind Zeuris und Porrhasios.

Zeuris aus Heraklea in Großgriechenland war in seinen spätern Lebensjahren in Ephesus thätig. Neben der Darstellung der Schönheit und Anmuth soll ihm nach dem Zeugnisse der Alten auch der lebhafteste Ausdruck überraschender Scenen vortrefflich gelungen sein. Bekannt ist die Anekdote von den Trauben, welche er so naturtreu gemalt haben soll, daß die Vögel daran gepickt hätten. Auch die ziemlich alberne Erzählung, daß er vor Lachen über ein von ihm gemaltes altes Weib gestorben sei, kann wenigstens als Beweis für die Realität seiner Kunst gelten. Sein Nebenbuhler war Porrhasios aus Ephesus, welcher nach dem Berichte der Alten durch seine Durchbildung der Form, durch scharfe Beobachtung der Licht- und Schattenwirkungen, und durch genaue psychologische Darstellung sich hervorthat. Man hatte von ihm theils Charakterbilder aus dem gewöhnlichen Leben, theils Scenen aus der heroischen Sage, wie den erkünstelten Wahnsinn des Odysseus, den kranken Philoktetes auf Lemnos. Ein angesehener Zeitgenosse, wenn auch nicht zur jonischen Künstlerschaft gehörend, war Timanthes, wegen des Reichthums der Phantasie und der Tiefe der Auffassung sehr gepriesen. Das Alterthum schätzte besonders sein die Opferung der Iphigenia darstellendes Bild, in welchem er höchst ergreifend den Schmerz Agamemnons ausgedrückt hatte. Wie in der Plastik, so auch in der Malerei ist die Schule von Sikyon der attischen entgegengesetzt; jener stand eine höhere Fertigkeit in der Zeichnung und eine kräftige Farbe zu Gebote. Voran steht hier Eupompos, welcher seine Kunst der Schilderung der Wettkämpfe gewidmet zu haben scheint, während sein Schüler Pamphilos durch seine wissenschaftlichen Kenntnisse im Kunstfache großen Einfluß übte. Pausias war in der Dekorationsmalerei und in der Verkürzung und Schattirung der Gestalten sehr tüchtig. Beliebt war sein Bild des Blumenmädchens Glykera. Ebenso kenntnißreich war dieser Künstler in der enkaustischen Manier, von welcher wir nur so viel wissen, daß sie die Farbstoffe mit Wachs verband und in den

Grund einbrannte. Der berühmteste griechische Maler war Apelles, den man auch wohl den Raphael des Alterthums genannt hat. Er lebte in der zweiten Hälfte des vierten Jahrhunderts, und scheint nach den Zeugnissen der Alten die Anmuth der Zeichnung mit der Schönheit der Farbe zur edelsten Darstellung vereinigt zu haben. Von hinreißender Wirkung soll sein Bild der Aphrodite gewesen sein. Es zeigte die Göttin als Ἀναδυομένη, wie sie aus den Meereswogen hervorsteigt.

> „Sieh', wie so eben ihrer Mutter Schooß entfloh'n,
> Der Liebe Göttin, Kypria, von weichem Schaum
> Noch rieselnd, hold und reizend hier Apelles Hand
> Gemalt nicht, nein, beseelt und lebend abgedrückt."
>
> Leonidas von Tarent in der Anthologie.

Augustus erließ den Bewohnern von Kos, in deren Asklepiostempel das Gemälde aufgestellt war, einen Theil der Abgaben und brachte den Kunstschatz nach Rom. Apelles malte auch Götter und Helden, besonders aber mehrere Bildnisse Alexanders, der nur von ihm gemalt sein wollte, wobei sich der Künstler einmal zu der kläglichen Schmeichelei verführen ließ, den Makedonier mit dem Blitze bewaffnet darzustellen.

Ein trefflicher Zeitgenosse des Apelles war Protogenes. Vor seinem Gemälde, welches den Jalysos, den Gründer der gleichnamigen Stadt auf Rhodos darstellte, soll selbst der große Apelles in höchster Bewunderung gestanden sein. Antion lieferte herrliche Bilder Alexanders des Großen. Antiphilos malte mit Talent Caricaturen und Dinge des gewöhnlichen Lebens. Alle diese Malereien Griechenlands sind für uns verloren, und nur einige Reste wurden zu Pästum in Lucanien in alten Gräbern entdeckt. Darunter befindet sich die ergreifende Darstellung eines jungen Reiters, der einen verwundeten Kameraden zurückbringt. In der Zeit nach Alexander kamen die der unmittelbaren Darstellung des Lebens und der Natur angehörigen Zweige der Malerei zu großer Geltung und Ausbildung. Dieses Gebiet umfaßt das Sittenbild, (jetzt Genre genannt,) das Blumen= und Fruchtstück und das sogenannte Stillleben, Malerei von tobten Thieren, Erfrischungen und Geräthschaften, Das ist jenes Fach, in dem später die holländischen Maler sich mit Vorliebe beschäftigten. Peraikos malte Schusterwerkstätten und Barbierstuben so zierlich, daß sie von den Liebhabern theuer bezahlt wurden. Indessen kam auch die höhere Kunst nicht ganz außer Uebung, und hatte in Timomachos einen großen Vertreter. Ein Werk seines Pinsels war die berühmte Medea, eine Gestalt von erschütternder Wirkung, in dem Augenblick aufgefaßt, wo sie mit dem Schwerte noch unschlüssig zum Morde ihrer Kinder basteht. Das Bild ist in einem Wandgemälde zu Pompeji nachgeahmt worden. In dieser Zeit der immer mehr wachsenden Ueppigkeit und verschwenderischen Pracht bildete sich auch die Mosaikmalerei aus. Die Mosaik (μουσεῖον, opus musivum,) oder eingelegte Arbeit wird aus bunten Steinen und gefärbten Glasstiften zusammengesetzt, und ist eigentlich eine Uebertragung der Darstellungsart der Stickerei, die auf gegittertem Grunde würfelförmig einnäht, in festes und hartes Material, nach Vischers treffendem Ausdrucke: „ein versteinerter Teppich." Unter den Werken dieser Art, die oft überraschende aber unbedeutende Spielereien enthielten, genoß das sogenannte ungefegte Haus in Pergamos großen Beifall. Der Maler Sosos hatte hier sehr täuschend einen mit allerlei Auskehricht bedeckten Fußboden dargestellt.

Die bildende Kunst in Italien.

Die Etrusker.

Italien, welches durch die Alpen vom nördlichen Europa getrennt ist, dehnt sich als lange Halbinsel gegen Süden aus. Es ist hier dasselbe milde Klima, wie in Griechenland, das nahe Meer begünstigt Handel und Schifffahrt. Schon in früher Zeit ließen sich Griechen in Sicilien und an den Gestaden Unteritaliens, das man Großgriechenland nannte, nieder, und brachten den dortigen Einwohnern ihre Bildung mit. Weniger von fremder Cultur und ausländischem Wesen berührt waren in der Vorzeit die Völker des mittleren Italiens. Durch die Apenninen wurden sie in mehrere selbstständige Gebiete getheilt, und dieser Umstand begünstigte, wie in Griechenland, die Eigenthümlichkeit des Wesens dieser Stämme. Die Meisten derselben scheinen demselben Urstamme, wie die Griechen anzugehören; nur die Etrusker stehen in Sprache, Sitten und Gebräuchen einsam und fremd mitten in Italien, wo sie jene Provinz bewohnten, welche heute noch in Erinnerung an die Tusci Toskana heißt. Was über Sprache und Abstammung dieses dunkeln Volkes, welches man bald zur indo=europäischen, bald zur semitischen Familie zählte, von den Gelehrten untersucht und behauptet wurde, hat bisher zu keinem befriedigenden Ergebniß geführt. Nur eine Thatsache scheint sich immer gewisser zu zeigen, nämlich der Ursprung der Etrusker aus nördlichen Gebirgsgegenden, aus welchen sie in ältester Zeit in das schöne, südliche Land herabkamen und in Mittelitalien sich niederließen. Daß sie durch das Faustrecht hier Besitz ergriffen, und daher immer vor ihren Nachbarn auf der Hut sein mußten, beweist die festungsartige Anlage ihrer alten Städte, sowie das unter ihnen geschlossene Schutzbündniß. Sonst war keine Vereinigung unter ihnen, weswegen sie auch den wiederholten Angriffen des starken Römervolkes unterliegen mußten.

Nach dem Aufgehen im römischen Staate ist das politische Dasein der Etrusker so gut wie verschwunden, und auch die Geschichte weiß nichts mehr von ihnen zu erzählen. Möglicher Weise wäre wohl jede Spur dieses Volkes für die Nachwelt verloren gewesen, wenn nicht die Werke mannigfaltiger Kunstthätigkeit, deren Ueberreste noch erhalten sind, von der Existenz desselben Zeugniß ablegten. Manche von diesen Werken der Baukunst, der Bildnerei und Malerei weisen auf griechische Art und Weise hin, Andere jedoch zeigen eine völlige Selbstständigkeit.

Die Etrusker erscheinen in den bildlichen Darstellungen als ein untersetzter, ziemlich plumper Menschenschlag, mit einer von den griechischen Stämmen ganz verschiedenen Kopfbildung. Auch ihre Sitte und Gemüthsart wich entschieden von der hellenischen und italischen weit ab. In ihrer Religion war etwas Finsteres und Unheimliches, ein grober Aberglaube, welcher durch Beobachtung der Blitze, des Vogelfluges, der Opfereingeweide die Zukunft zu ergründen wähnte, die dualistische Annahme einer guten und bösen Geisterwelt, die den Menschen umgab und auch nach dem Hinscheiden noch für sich zu ergreifen strebte, ferner ein peinliches, angstvolles Sinnen und Grübeln über das Leben nach dem Tode. Daher das Düstere, widerlich Leichenhafte in den meisten Erscheinungen etruskischer Kunst.

Ueber die Tempel der Etrusker sind wir nur durch geschichtliche Nachrichten, besonders aber durch den römischen Baumeister M. Vitruvius, der unter Augustus lebte, einigermaßen belehrt. Die Tempel waren ursprünglich aus Holz gebaut, und als man später auch festeres Material anwendete, blieb der ganze, obere Theil des Gebäudes noch immer dem Holzbau unterworfen, wodurch natürlich

5*

ein Mangel an künstlerischer Einheit hervortreten mußte, dem man durch viele Verzierungen abzuhelfen suchte. Die Grundform des Tempels war ein Quadrat, an dessen vorderer Hälfte eine lange Säulenhalle stand. Die übrige Hälfte theilte sich in drei neben einander liegende Cellen. Die Mittlere war breiter, als die auf den Seiten, und jede Celle hatte ihre besondere Thüre in der Vorhalle, sowie ein besonderes Götterbild. Ueber den Tempel breitete sich ein hohes Dach aus, dessen Giebel schwer über den schlanken, weit abstehenden Säulen lastete. Das Ganze mag ein langgebehnter, schwerfälliger, ziemlich unangenehmer Bau gewesen sein. Einige Vorderseiten von Gräbern zeigen diese Bauform mit einzelnen, verpfuschten Theilen griechischer Architektur, besonders mit einem Triglyphenfries. Die Spitzen und Ecken des Daches, auch das Giebelfeld bekamen einen vielfältigen Schmuck von Figuren aus gebranntem Thon. Es ist gewiß, daß die frühesten Tempelgebäude der Römer nach dem Muster der etruskischen aufgeführt wurden. Sind die Tempel von der Erde verschwunden, so erhielten sich jedoch viele Gräber der alten Etrusker bis auf unsere Tage. Die einfachsten derselben haben die auf der ganzen Erde gebräuchliche, uralte Form eines tumulus, das heißt, eines aus Erde und Steinen erbauten Hügels, der bisweilen sehr groß ist und auf einem gemauerten Grunde ruht. Im Innern befindet sich gewöhnlich eine Grabkammer. Bei einigen dieser Gräber steht ein kegelförmiger Denkpfeiler auf der Oberfläche. Das größte dieser Grabbenkmäler ist bei Vulci. Man findet aber auch Gräber, die wie Grotten in die Felsen eingehauen sind, und entweder eine einfache Kammer oder deren mehrere enthalten, wobei die Decken auf Pfeilern oder Säulen ruhen. Im Hauptraume dieser Grabstätten ist das gemauerte Todtenlager, auf welchem der Verstorbene meistens mit seinen Waffen umgeben ausgestreckt ist. Umher stehen Vasen oder anderes Geräthe und die Wände sind mit Malereien geschmückt. Solche Gräber findet man bei Corneto, Vulci und an vielen andern Orten. Sie haben Aehnlichkeit mit den ägyptischen Begräbnißräumen, und sind zuweilen mit einer aus dem Felsen künstlich herausgehauenen Vorderseite nach Außen versehen. Ein starkes Gesims, aus verschiedenen wellenförmigen und geraden Theilen bestehend, begrenzt die Façade, und in der Mitte ist eine Scheinthüre angebracht, deren äußere Einfassung an den obern Ecken nasenartig vorspringt. Zu Norchia und Castellaccio und an andern Orten in einsamen Bergen hat man solche Gräber getroffen. Merkwürdig ist das sogenannte Sesselgrab (tomba delle sedie) bei Cäre. Es erhielt diesen Namen von den aus den Felsen gehauenen, mit Lehnen und Fußschemeln versehenen Sesseln, welche in einer der sechs Grabkammern zu sehen sind. An den alten Mauern der Städte Cosa, Populonia und anderer ist ein Uebergang der vieleckigen, cyklopischen Construction in den regelmäßigen Quaderbau bemerklich. An den Thoren finden wir den aus keilförmig zugehauenen Steinen gebildeten Bogen, der statt der natürlichen Einheit des Architravs die künstliche Einheit einer Reihe streng verbundener Theile darstellt, welche durch ihre Spannung ein fest sich schließendes Gewölbe bildet. Ueber diese in der Geschichte der Baukunst so wichtige Erscheinung sagt Vischer (Aesth. §. 586.): „die Kunst, durch Fügung von Steinen, die im Keilschnitte bearbeitet sind, zu wölben, tritt in vereinzelten Erscheinungen schon im Orient hervor, selbst die Griechen scheinen von den entferntern Ansätzen in cyklopischen Thoren und dann in den runden Tholen, (θόλοι) nach gewissen Spuren zu schließen, bis zur eigentlichen Wölbung vorgedrungen zu sein. Ihre Erfinder sind aber diejenigen zu nennen, welche den unendlichen Vortheil, den diese Kunst gewährt, zuerst verstanden, benützt und sie demgemäß im Großen und bleibend angewandt haben; dies sind die Etrusker, und von ihnen haben sie die Römer." — Von solcher Construction ist das alte Thor von Volterra, wo der Schlußstein und die beiden Endpunkte des Bogens mit vorspringenden Köpfen versehen sind. Die cloaca maxima in Rom, ein im sechsten Jahrhundert erbauter Abzugskanal unter der Erde, hat ebenfalls eine bedeutende Gewölbeconstruction. —

In der Bildnerei lieferten die Etrusker vorzüglich Arbeiten von gebranntem Thon und von Metall. Die Ornamente der Tempel, auch die Bilder der Götter waren aus Thon, und was davon erhalten ist, zeigt einen rohen Styl, ein Mißverhältniß in den Körperformen. Ebenso sind die Relief= darstellung auf Vasen, Aschenkrügen, sowie die Figuren an dem Deckel und den Handhaben der Ge= fäße von wunderlicher, oft überladener Arbeit. Der Erzguß wurde von den Etruskern schon früh= zeitig und mit großer Neigung betrieben. Bei größern Bildwerken und auch bei Verzierungen wählte man das stattlichere Erz, das man auch zu vergolden pflegte. In den Städten gab es zahlreiche Erz= standbilder. Von größern Gußwerken kennen wir einen Mars im vatikanischen Museum, eine männ= liche, bekleidete Rednerstatue und eine Chimära, die sich in Florenz befinden, endlich eine Wölfin in der capitolischen Kunstsammlung. Die Gestalten der Thiere sind kräftig und lebenswahr behandelt, während in den menschlichen Figuren eine gewisse ängstliche Steifheit bemerkt wird. Es gibt auch noch eine Menge kleiner Erzbilder, die aber selten einen höhern Kunstwerth haben. Die vorgefundenen, in Stein ausgeführten Bildnereien befinden sich meistens an Altären und Grabsäulen, und stellen reli= giöse Handlungen, Festzüge und besonders Leichenfeierlichkeiten dar. Die Gestalten sind ungeschickt mit seitwärts stehenden Füßen bei nach vorne gerichtetem Oberkörper; in der Anordnung herrscht Ueber= fülle und Undeutlichkeit; was Alles auf hohes Alterthum zurückweist. Eines spätern Ursprungs sind die Aschenkästchen, welche aus Alabaster gemacht sind und die Form kleiner Särge haben, die mit Relief= darstellungen versehen sind. Auch hier zeigt sich in der rohen, mangelhaften Ausführung die Unfähig= keit der Etrusker zur plastischen Kunst. —

Die Malerei fand ihre Anwendung in den unterirdischen Gräbern, deren Wände damit bedeckt sind. Die Gemälde sind Umrißzeichnungen in hellen, nicht unlieblichen Farben ausgeführt, Dar= stellungen von Tänzen, Kampfspielen, Jagden, Festlichkeiten und dergleichen. Alles ist sehr anschaulich und lebhaft wiedergegeben, obwohl mit alterthümlicher Steifheit und gezwungener Haltung. Zwischen den einzelnen Gestalten sind Pflanzen und Zweige angebracht. In den Gemälden, welche Leichen= feierlichkeiten und Todesscenen enthalten, ist ein finsteres, unheimliches Wesen; der Genius des Guten oder Bösen führt den Todten auf einem Wagen davon, sitzt an bem Thore des Todtenreiches, die Richter entscheiden über die Seelen der Verstorbenen, und Aehnliches. Die meisten dieser Malereien hat man im alten Tarquinii, Veji und Chiusi gefunden. Die einfache, deutliche Anordnung läßt den Einfluß griechischer Kunstweise erkennen. Dieses wird noch unzweifelhafter in den eingegrabenen oder gravirten Darstellungen, welche man auf ehernen Geräthschaften, vorzüglich auf der Rückseite von Handspiegeln und an den Seiten der Schmuckkästchen gefunden hat, welche man früher als religiöse Geräthe ansah und cistae mysticae nannte. Sie enthalten griechische und etruskische Götter= und Heldensagen, sowie auch Scenen des gewöhnlichen Lebens. Manche dieser Spiegelbarstellungen sind so schön und so geschmackvoll, daß man sie für Werke griechischer Künstler halten möchte. Unter den Schmuckkästchen ist das im Kircherianischen Museum zu Rom, welches bei Palestrina gefunden wurde, das berühmteste. Es enthält an der Seite Darstellungen aus der Argonautensage. Man sieht den Polydeukes, wie er den besiegten Bithynierkönig Amykos, der die Argonauten zum Faustkampf heraus= forderte, an einen Baum festbindet, während die Siegesgöttin heranschwebt, und Athene mit Apollo sammt einigen griechischen Helden zuschauen. Das Schiff Argo liegt vor Anker, einige Männer sind ans Land gestiegen, um Wasser zu holen, Andere sitzen und liegen ausruhend auf dem Verdeck. Die Feinheit der Zeichnung, die Anmuth der Figuren und die lebendige Auffassung läßt hier ohne Zweifel einen Künstler erkennen, der nach griechischen Vorbildern gearbeitet hat. Die Vasengemälde, soweit sie mit Gewißheit als Werke der Etrusker angesehen werden können, zeigen von nicht sehr großer

Ausbildung der Kunst in diesem Zweige. Die meisten von den ehemals sogenannten etruskischen Vasen sind jedoch durch gründliche Untersuchungen als Arbeiten griechischen Ursprungs nachgewiesen worden, worüber das über diesen Gegenstand bei der griechischen Malerei Angeführte nachzusehen ist. —

Die Römer.

„Andere mögen das athmende Erz in weicherem Gusse
Bilden, ich glaub's, und lebend'ge Geberden dem Marmor enthauen.
Du, o Römer, gedenke mit Macht zu beherrschen die Völker;
(Da sei du der Künstler!) Des Friedens Gesetze zu ordnen,
Unterworf'ner zu schonen und Trotzige niederzukämpfen."

Diese stolzen Worte des römischen Nachahmers Homers im sechsten Buch der Aeneibe bezeichnen unübertrefflich den Standpunkt, den das welteroberende Volk der Kunst gegenüber einnahm. Springer (Handbuch der Kunstgeschichte, S. 103.) stellt dies Verhältniß in folgender Weise dar: „die römische Kunst, soweit sie in die geschichtliche Entwicklung der Kunst überhaupt eingreift, beginnt in Wahrheit mit der Plünderung der sizilischen und griechischen Kunstschätze und ihrer Ansammlung als Trophäen in Rom. Die Plünderung und Zerstörung von Korinth bezeichnet den Höhepunkt dieses prahlerischen Strebens. (146 v. Chr.) Nicht lange dauerte es aber, und diese dem Barbarenstolze entsprungene Raubsucht wich einem ästhetischen Sammelgeiste, der die schöpferische Unfähigkeit durch die Ueberfülle des Genusses zu ersetzen suchte, und conservativen Staatsmännern frühzeitig für den politisch kräftigen Geist der Bevölkerung Gefahr drohend dünkte. In der That wurde auch in der Cäsarenzeit die Kunst als Zähmungsmittel des Volkes verwendet, also auch jetzt wieder die Kunst ihrem eigentlichen Zwecke entfremdet. Das Entstehen einer Kunstkennerkaste, die sich stolz über die übrigen Idioten erhob, konnte diesen Mangel eines gesunden Bodens nicht ersetzen, und so bleibt bei aller Größe, die den Zeugnissen des römischen Kunstgeistes sonst anklebt, und welche namentlich in der Architektur ganz unleugbar ist, die innere Nothwendigkeit vermißt, und der Luxus als eine wesentliche Quelle der künstlerischen Thätigkeit fühlbar. Auf der andern Seite freilich erhielt sich dadurch die griechische Kunst länger lebendig und in ihrer Eigenthümlichkeit unangetastet, und vollends für die äußere Verbreitung der Kunstbildung, für die Weltgültigkeit der antiken Kunstformen hat gerade das raublustige, plündernde, sammelnde, naschende römische Volk das Größte geleistet. Es hieße aber mehr behaupten, als begründet werden kann, wollte man Rom in der letzten Zeit der Republik und in der ersten Kaiserzeit alle selbstständige Kunstthätigkeit abstreiten. Sie ist in der Architektur sowohl wie in den übrigen bildenden Künsten vorhanden. Der Klage, daß der organische griechische Säulenbau in Rom verunstaltet und verdorben wurde, stellt sich als Gegengewicht der Fortschritt der Architektur zum Gewölbebau entgegen. In der Bildnerei kann man den Römern die unreine Vermischung der Götter mit den Cäsaren, die große Zahl leerer allegorischer Gestalten, der fides, honor, virtus, aeternitas u. s. w. vor Allem die Einführung fremder Götter, wie der Isis, des Mithras in den Kunstkreis, und die Versuche, materiell pantheistische Vorstellungen plastisch zu verkörpern, vorwerfen. Es darf aber der markige Realismus der Porträtstatuen, die scharf ausgeprägte Individualität in der Auffassung, die Naturwahrheit in den beinahe vollgebildeten Reliefdarstellungen auch nicht vergessen werden. Die Denkmäler der römischen Malerei sind nicht so mannigfaltig, als daß man einen allgemein gültigen Schluß auf ihren Zustand ziehen könnte; aber eine Gattung wenigstens, die zierlichheitere Decorationsmalerei, schuf schwer zu übertreffende Muster und wußte durch Reichthum und Schönheit zu fesseln, ohne ihre enggezogenen Schranken zu überschreiten. Die Unterschätzung der römischen Kunst tritt stets ein, wenn man die einzelnen Perioden der Kunst nicht scharf auseinander hält, und die Zeit von der Zerstörung Korinths bis auf Hadrian zusammenfallen läßt mit der folgenden Periode, in welcher allerdings das Ausleben der antiken Stoffwelt mit dem Verfalle der Formen gleichen Schritt hält, und nur das culturgeschichtliche Interesse an den Denkmälern noch rege bleibt." —

Die römische Baukunst.

Der praktische Sinn der Römer pflegte im Kriegswesen, in der Gesetzgebung das für sie Passende anderer Völker sich anzueignen. So geschah es auch in der Baukunst, wo sie sich zuerst an die Etrusker, dann an die Griechen hielten. Den Gewölbebau gaben die Römer aber nicht mehr auf, sondern suchten ihm im Gegentheile eine mehr künstlerische Ausbildung zu geben. Eine besondere Form des Gewölbes, die Kuppel, entstand bei den von den Römern sehr geliebten Rundgebäuden. Den griechischen Säulenbau verwendeten die Römer zur glänzenden Ausschmückung der Bauten. Die einfachen dorischen und jonischen Formen waren weniger gesucht, aber die prächtige, korinthische Säule entsprach ganz dem Sinne der Römer, und es wurde von ihnen auch dabei ein neues Capitäl angebracht, welches man das römische oder Compositcapitäl nannte. Dabei wurde in schwerfälliger, nicht eben geschmackvoll prunkender Weise eine gröbere Form des jonischen Capitäls auf die beiden Reihen der umgebogenen Akanthosblätter gesetzt. Auch die etruskische oder toskanische Ordnung wurde noch angewendet. Diese hatte als Basis einen Wulst, darüber eine Platte. Das Capitäl war dem dorischen ähnlich, der Echinus schwach und niedrig, die Ringe unter ihm stark, der Abakus hoch. Oftmals findet man die drei griechischen Säulenordnungen an demselben Gebäude so angewendet, daß dem untern Stockwerke die dorische, dem mittleren die jonische und dem obern die korinthische gegeben wurde. Obzwar nun die bauende Phantasie der Römer aus Mißverständniß der ursprünglichen Bedeutung der griechischen Formen meist nur äußerliche, willkürliche Verbindungen hervorbrachte, obgleich sie nur zu entlehnen, zu verbinden, nebeneinander zu stellen, aber nicht etwas Neues zu schaffen vermochte, so hat sie doch das Feld der Baukunst ansehnlich erweitert, und für die mannigfaltigsten Zwecke brauchbar gemacht. „Am glänzendsten beweist sich diese Kunst in Lösung der Aufgaben praktischen, profanen Bedürfnisses. Nicht bloß Straßen= und Brückenbauten, Wasserleitungen und Viadukte, Mauern und Thore, sondern auch Paläste und Villen, Markt= und Gerichtshallen, sowie alle jene, dem öffentlichen Vergnügen gewidmeten Bauten, Circus und Thermen, Theater und Amphitheater erhielten in der römischen Baukunst eine ebenso gediegene als glänzende Gestalt. Wie Allem, was von den Römern ausging, war auch ihren Bauten der Charakter der Macht und Größe aufgeprägt, und die Gediegenheit der Ausführung, die Trefflichkeit des Materials hat nur den gewaltsamsten Zerstörungen weichen können, so daß selbst die Trümmer noch Zeugnisse einer fast unvergänglichen Herrlichkeit sind. Nicht minder ausgezeichnet sind die Werke durch den Glanz und die Schönheit ihrer Ornamente, denn wenn auch die griechischen Formen ihre ursprüngliche Zartheit in ein derberes, üppigeres Spiel verwandelt sehen, so ist doch die Virtuosität des Meißels so groß und die ursprüngliche Schönheit so unverwüstlich, daß selbst die verstümmelten, geschändeten Reste das Beispiel einer Prachtdekoration gewähren, wie kein Styl sie wieder in so prunkvoller und doch edler Schönheit hervorgebracht hat. Indem aber die Römer diesen Styl in zahlreichen Denkmälern über alle Theile ihres weiten Reiches verbreiteten, schufen sie der Architektur jene universelle Stellung, welche in der Folgezeit unter der Herrschaft des

Christenthums zu neuen, großartigen Entwicklungen führen sollte." (Lübke, Grundriß der Kunst=
geschichte S. 177.). —

Die römischen Baudenkmäler.

Die älteste römische Baukunst hing mit der etruskischen zusammen. Seit dem Jahre 150
v. Chr. gewann die griechische Kunst immer mehr Einfluß, und wir wissen, daß aus der von
Q. Metellus Macedonicus mitgebrachten, reichen Beute beträchtliche Summen zur Verschönerung der
Tempel nach griechischer Art aufgewendet wurden. Auch die Basilika erhielt damals ihre volle Aus=
bildung. Diese Gebäude, welche später nach der Anerkennung des Christenthums im römischen Reiche
in Kirchen nachgebildet wurden, hatten eine länglich rechteckige Grundform. Der breite Mittelraum
war von Säulenreihen durchzogen, wodurch er in mehrere Abtheilungen getrennt wurde. Die Basi=
liken dienten zu Geschäften der Kaufleute sowie auch zu Gerichtssitzungen, und für den letztern Zweck
war an einer Schmalseite des Gebäudes eine Halbkreisnische (Apsis) als Platz für die Richter be=
stimmt. Unter den Bauten dieser Zeit ist ein Beispiel der frühen Anwendung des korinthischen Styles
der Vestatempel zu Tibur oder Tivoli. Großartig sind auch die Reste des Tabulariums oder alten
Reichsarchivs und das Grabmal der Cäcilia Metella, der Gattin des reichen Crassus, welches an der
Appischen Straße auf einem viereckigen Unterbau thurmartig emporsteigt. —

Gegen das Ende des Freistaates drang an die Stelle der alten Einfachheit ein immer mehr
wachsender Aufwand und Prunk in die Architektur ein. Besonders war es Cäsar, welcher die Stadt
mit großartigen Prachtbauten versah, wozu ihm seine Plünderung der Provinzen die Mittel verschaffte.
Auf seine Veranstaltung entstand ein gewaltiges Amphitheater, die glänzende Basilika Julia und ein
Forum mit einem Tempel der Venus Genetrix, welche damals von der Schmeichelei zur Stammgöttin
des julischen Geschlechtes ernannt worden war; auch der Circus maximus ward verlängert und neu
ausgeschmückt. —

Jedoch war erst die augusteische Zeit die Zeit des höchsten Glanzes der Architektur, wie
aller römischen Kunst überhaupt. Augustus vollendete die von Cäsar angefangenen Bauten, erneuerte
sehr viele alte Tempel und errichtete das Forum Augusti mit dem Tempel des Mars Ultor, welchen
er in der Schlacht von Actium gelobt hatte, und der noch in seinen Trümmern bewundert wird.
Das gewaltigste Denkmal dieser Zeit ist das von dem Schwiegersohne August's, Agrippa, errichtete
Pantheon, ein dem rächenden Jupiter geweihter Tempel. Er wurde unter Leitung des römischen Bau=
meisters Valerius aufgeführt, erlitt später mehrfache Restaurationen, und war im siebenzehnten Jahr=
hundert eines großen Theiles seiner Ausschmückung beraubt. Das Ganze ist ein cylindrischer Bau
mit einem Kuppelgewölbe; die innere Mauer zerfällt in zwei horizontal über einander liegende Stock=
werke, deren Unteres durch acht abwechselnd halbrund und rechtwinklig in die Mauer einschneidende
Nischen mit korinthischen Marmorsäulen, wozu später noch kleinere Nischen in den Zwischenwänden kamen,
reich gegliedert ist. In den sieben größeren Nischen standen Götterbilder, welche durch Heilige ersetzt
wurden. Das obere Stockwerk ist eine sogenannte Attika, d. h. ein Maueraufsatz, und enthielt die
Fensteröffnungen. Unmittelbar über der Attika erhebt sich das mit vertieften Feldern (Cassetten) ver=
zierte Kuppelgewölbe, durch dessen weite, kreisrunde Oeffnung dem gewaltigen Raume das Hauptlicht
zukommt. Der Ueberzug des Golderzes, von dem einst die Kuppeldecke schimmerte, ist zum Guß des
Tabernakels der Peterskirche verwendet und durch einen armseligen Gypsüberwurf ersetzt worden.
An den Rundbau lehnt sich eine aus 16 korinthischen Säulen gebildete Vorhalle, in deren Giebel

vergoldete Bronzegruppen standen. Durch einen rechtwinkligen Zwischenbau, mit besonderm, höherm Giebel, welcher sich an die kolossalen, durch Gewölbe noch verstärkten Cylindermauern legt, wird der Porticus mit dem Kuppelbau auf eine nicht sehr glückliche Weise verbunden. Die Säulen des Porticus sind von besonders guter Arbeit und nebst der ehernen Thüre trefflich erhalten. In den beiden Nischen der Vorhalle standen die Bilder August's und Agrippas. Das Pantheon wurde bekanntlich zu einer Kirche der heiligen Jungfrau und aller Martyrer umgewandelt. Die zwei kleinen, viereckigen Thürme, welche Papst Urban VIII. durch den berühmten Baumeister Bernini an beide Seiten des Daches setzen ließ, nehmen sich sehr schlecht aus, und heißen beim Volke die Eselsohren des Bernini. Im Jahre 13 v. Chr. vollendete Augustus das schon von Cäsar begonnene Theater des Marcellus, dessen Trümmer sich noch beim Palaste Orsini erhalten haben. Man sieht noch ein großes Stück von dem Halbrund, Bruchstücke der beiden untern Stockwerke mit ihren Bogenhallen, die von dorischen und ionischen Halbsäulen mit dem dazu gehörigen Gebälke eingefaßt sind, in einfachem, klarem Style. Von dem großen Grabmale des Augustus, welches wie ein hoher, abgestufter Berg mit Bäumen bepflanzt emporragte und auf der Spitze mit der ehernen Bildsäule des Herrschers geschmückt war, sind nur noch die Umfassungsmauern im alten Marsfelde zu sehen. Ein bekanntes Grabdenkmal ist die Pyramide des Cestius, ein schlanker Bau mit einer ausgemalten Grabkammer im Innern. Der Tempel des Augustus zu Pola in Istrien ist ein gut erhaltenes Beispiel der Verbindung griechischer und italischer Formen. Nach Augustus scheint einige Zeit lang weniger gebaut worden zu sein. Die drei Säulen mit Gebält am südlichen Theile des Forums, welche als Reste des Tempels des Jupiter Stator angesehen wurden, sind nach der Meinung neuerer Archäologen ein Werk aus der Zeit des Tiberius und Caligula, Reste eines erneuerten Dioskurentempels. —

Besonders merkwürdig sind die Baureste von Pompeji zur Kenntniß der Verbindung griechischer und römischer Formen. Im Jahre 63 v. Chr. wurde Pompeji nebst der Umgegend durch ein sehr starkes Erdbeben heimgesucht, welches sehr viele Gebäude beschädigte, so daß bedeutende Neubauten nothwendig wurden. Dann erfolgte im Jahre 79 v. Chr. jener schreckliche Ausbruch des Vesuv, durch welchen Herkulanum und einige kleinere Orte Campaniens zerstört wurden, Pompeji mit einem Regen von Asche und Bimssteinstücken bedeckt wurde. Interessant ist hierüber die Beschreibung des jüngeren Plinius in zwei Briefen an den Geschichtschreiber Tacitus und die phantasievolle Darstellung in Bulwers bekanntem Roman: Die letzten Tage von Pompeji. In diesem Zustande der Verschüttung blieb die Stadt über 16 Jahrhunderte lang, und war im Laufe der Zeit mit Feldern und Weingärten bedeckt worden. Erst im Jahre 1748 verfolgte man die Spur einer schon früher (1711) gemachten Entdeckung, die dann mit mehr oder minder anhaltendem Eifer bis in die neueste Zeit fortgesetzt wurde. Die gefundenen Bildsäulen, Geräthschaften und Gemälde sind jetzt im Nationalmuseum zu Neapel vereinigt. —

Pompeji läßt uns den Zustand einer kleinern, italischen Provinzialstadt der damaligen Zeit deutlich erkennen. An den ältern Gebäuden, vornehmlich den auf dem Forum gelegenen Tempeln ist die spätere griechische Bauart bemerkbar, während an andern Gebäuden bald eine Vereinigung griechischen und römischen Styls, bald ein Vorherrschen des Letztern zu sehen ist. Neben den Triumphbogen, Tempeln, Bädern, Amphitheatern, Stadtmauern und Straßen sind die ausgegrabenen Wohnhäuser von ganz besonderer Wichtigkeit, weil sie die einzigen Beispiele dieser Art von Gebäuden des Alterthums für uns sind. An ihnen läßt sich die Grundform des römischen Hauses deutlich erkennen. Jedes etwas anständige Wohngebäude hat ein Vorderhaus, als den mehr öffentlichen, und ein Hinterhaus, als den für die Familie bestimmten Theil. Beide Theile ordnen sich um einen offenen Hofraum, von welchen der vordere gewöhnlich klein und einfach, der innere ansehnlicher und mit einer Säulen= halle umgeben war. Die beiden Theile des Hauses verbindet ein in der Mitte liegender Saal, wo sich die Ahnenbilder befanden. Neben den Wohnzimmern und Schlafgemächern war besonders der Speisesaal hervorragend. Die Wände waren bemalt, die Fußböden von eingelegter Arbeit, und Alles machte einen angenehmen, wohnlichen Eindruck. —

Unter den Imperatoren des flavischen Hauses erhielt die Baukunst einen neuen Aufschwung durch Größe und Pracht. Ein berühmtes Werk ist das von Vespasian begonnene und von Titus vollendete Amphitheater, das sogenannte Colosseum (il coliseo). Der ungeheure, eirunde Raum faßte mehr als 80,000 Personen, und auf dem Kampfplatze (arena) gingen jene schandvollen Gladiatoren= gefechte und Thierbalgereien vor sich, bei deren Anschauung sich die ganze blutige Wildheit der Römer zu offenbaren pflegte. Ringsumher steigen auf gewölbten Gängen die Sitzreihen empor, die zu oberst in eine Säulenhalle endigten. Der Bau zeigt nach gewaltsamen Zerstörungen auf der nördlichen Seite noch drei Bogengänge von dorischen, jonischen und korinthischen Halbsäulen sammt ihrem Gebälke, und darüber bildet ein mit Fenstern versehenes, mit korinthischen Wandpfeilern geschmücktes Geschoß den Abschluß. Ein höchst bedeutendes, monumentales Werk ist der Triumphbogen, welcher dem Titus zu Ehren seines Sieges über die Israeliten errichtet wurde. Ein einziger, hochgewölbter Eingang ist zwischen den starken Wänden angebracht; an den die Einfassung bildenden Halbsäulen ist das römische Compositcapitäl zum ersten Male angewendet, die Wände haben fensterartige Nischen, die Attika über den Säulen enthält die Widmungsinschrift. Die Seitenmauern im Innern sind mit plastischen Dar= stellungen versehen, der felderartige Wölbungsbogen ist mit Rosetten, Zierrathen in Rosengestalt, ge= schmückt, und auf der Höhe des Ganzen prangte ehemals ein Viergespann, auf welchem der siegreiche Kaiser stand. Von ganz ausnehmender Pracht war das Forum des Trajan, in dessen Mitte sich die geräumige Basilica Ulpia und die 92 Fuß hohe Säule mit dem Standbilde des Imperators be= fanden. Der großartigste, noch erhaltene Triumphbogen des Constantinus ist ein dreifach geöffnetes, mit reichen Bildnereien bedecktes, in der edelsten Anlage aufgebautes Ehrenthor, aus dem kostbaren Marmor aufgeführt, der vom attischen Berge Pentelikos seinen Namen hatte. Unter Hadrianus Re= gierung wurden weitumfassende Bauunternehmungen veranstaltet. Neben den Trümmern eines Tempel der Venus und der Roma am östlichen Theile des Forums ist das noch erhaltene Grabmal Hadrians, die jetzige Engelsburg, ein Ueberrest dieser Zeit. Auf einem quadratischen Unterbau erhebt sich, wie ein runder Thurm, das aus Kalksinter (Travertino) errichtete Mausoleum. Der ganze, mächtige Bau war mit herrlichem Marmor von der Insel Paros her bekleidet, und auf der Spitze stand ein Vier= gespann. Der schon etwas gekünstelten Stylweise unter Hadrian folgte allmählig ein plumperer, immer mehr von dem eblern Formsinne sich abwendender Styl. Als ein Beispiel davon gilt den Kunst= kennern der Tempel des Antoninus und der Faustina, dessen Säulenvorhalle und Cellenmauer noch vorhanden sind. Der eigentliche Verfall der römischen Baukunst beginnt mit dem dritten Jahrhundert, und erscheint an dem schweren Triumphbogen des Septimius Severus, der mit Reliefbildern ohne Geschmack und Sinn für deutliche Anordnung bedeckt ist. Dagegen ist die zierliche Rotunde, welche den Namen des Vestatempels führt, noch einem bessern Style angehörig. Unter Caracalla wurden ungeheure Thermen erbaut, deren gewaltige Trümmer jetzt in wilder Verwirrung einen großen Raum bedecken, und mit allen Gegenständen der Ueppigkeit und Verfeinerung versehen waren. Die riesen= mäßigen Ueberreste des von Aurelianus erbauten Sonnentempels sind in ihrem Einsturze eine Anhöhe geworden, auf welcher jetzt der Garten des Palastes Colonna steht. Die noch vorhandenen Ueber= bleibsel dieses Tempels gehören zu den größten Ruinen Roms. Zu Anfang des vierten Jahrhundert entstanden die Thermen Diocletians, die an Größe und Kostbarkeit jene des Caracalla übertrafen, ihnen jedoch in der Anlage im Ganzen ähnlich waren. Der noch erhaltene Hauptsaal der Diocletiani= schen Bäder, den drei auf Granitsäulen ruhende Gewölbe bedecken, wurde von dem großen Florentiner Michel Angelo Buonarotti in die Kirche St. Maria degli Angeli verwandelt. Von großer Merk= würdigkeit ist auch der Palast, den Diocletian zu Salona in Dalmatien baute, wo dessen Ruinen noch bei Spalatro existiren. In diesem Gebäude sieht man den Abfall von den Bauüberlieferungen der frühern Zeit in den runderhabenen, bauchigen Friesen, schlechtgeformten Gesimsen, in der unmittelbaren Verbindung der Säulen mit den Bogen. Aus der letzten Periode altromanischer Baukunst ist die Basilika des Constantinus. An der nörblichen Seite des Forums stehen noch die drei Tonnengewölbe, (d. h. Wölbungen von der Form eines halben Cylinders oder einer halben Tonne), des nörblichen Seitenschiffes und Pfeilerstücke des südlichen Schiffes. Zwischen ihnen erhob sich auf mächtigen Säulen das höhere Mittelschiff, welches auf Kreuzgewölben, (d. h. aus vier Abtheilungen bestehenden Wölbungen, durch die rechtwinklige Durchschneidung zweier Tonnengewölbe entstanden), ruhte und später herab= gestürzt ist. An der westlichen Seite lag die Hauptapsis, und dieser gegenüber die Zugänge. Sehr merkwürdig sind die ausgedehnten Bauten aus der spätrömischen Zeit, die sich im Morgenlande befin= ben, weil hier der antike Baustyl ganz von orientalischen Einflüssen durchbrungen wirb. Die gewun= benen, häufig abgebrochenen Giebel, Einziehungen und Hervorragungen der Flächen, verschnörkelte, überladene Formen erinnern lebhaft an den Rokoko= oder Zopfstyl des siebenzehnten Jahrhunderts. Großartige Denkmäler dieser Art erregen noch jetzt das Interesse der Kunst. So besonders die Ruinen von Palmyra, dem heutigen Tadmor in der syrischen Wüste, wo einst die glänzende Königsburg der Zenobia stand. Ebenso großartig sind die Reste von Heliopolis, dem heutigen Baalbeck in Cölesyrien, wo dem dort verehrten Sonnengotte prächtige Heiligthümer errichtet wurden. Kugler sagt über diese Werke: „zwei Städte, das politisch glänzende Palmyra und Heliopolis, der Hauptsitz jenes wüsten Cultus, welcher der abergläubischen Zerfahrenheit jener Zeit so heilsam dünkte, wetteifern in der Fülle und Größe ihrer in ansehnlichen Ueberbleibseln erhaltenen Monumente. Die von Palmyra, Tempel und Höfe, mächtige Säulengänge durch die Stadt, Bogenpforten und thurmartige Grabmonumente, haben im Ganzen eine ruhigere Pracht. Das dekorative Gesetz macht sich in reicher Entwicklung gel= tend, aber die großen Linien herrschen vor. In der Bogendekoration, wo Pfeiler und Bögen durch= weg mit Ornamentfüllungen versehen zu sein pflegen, ist hiemit eine eigenthümliche, verhältnißmäßig noch edle Wirkung erreicht. In den Tempeln und Tempelhöfen von Heliopolis sondern und theilen sich die Massen, im Ganzen, wie im Einzelnen gern in ein buntes Nischenwerk, zu dessen Dekorativ die antiken Architekturformen, in mannigfachster, oft willkürlichster Weise verwendet werden. Hier ist zumeist alles auf phantastische, überraschende, die Sinne einigermaßen verwirrende Wirkung abgesehen." —

 Endlich zeigen selbst in den fernen Gegenden Arabiens Reste von Tempeln, Gräbern und Triumphbogen die Verbindung römischer mit orientalischer Kunst, wovon die zu Petra befindliche Grabfaçade ein wunderliches Beispiel barbietet. —

Die römische Bildnerkunst.

 Als das moralisch und politisch gesunkene Griechenland von den Römern niedergeworfen und unterjocht wurde, führten sie eine Menge plastischer Kunstwerke nach Italien, denn Rauben und Plündern wurde schon von dem italischen Soldatenvolke als ein Vorrecht des „civilisatorischen Beru= fes" angesehen. Aus dieser von stolzem Siegesübermuthe hervorgegangenen Ansammlung entstand nach und nach auch der Sinn für die Werke der Kunst, der aber im Grunde bei den Römern nur auf einer verfeinerten Genußsucht beruhte. So finden wir in Rom wieder griechische Künstler, und in ihren Werken einen Geist der Auffassung, eine Schönheit und Anmuth, eine wirkungsvolle Lebendigkeit der Darstellung, eine Gewandtheit der Ausführung, welche durch Nichts übertroffen werden zu können schien. Erst als man in unserm Jahrhundert die griechischen Bildwerke aus der Blüthezeit wieder kennen lernte, sah man in ihnen eine Würde und Natürlichkeit, mit welcher verglichen die spätern Leistungen als gemacht, auf Effekt berechnet erscheinen.

Die eigentliche Kunstperiode der römisch=griechischen Plastik war zur Zeit des Cäsar und Augustus, und das Trefflichste, was die zahlreichen Museen Italiens enthalten, ist aus dieser und der nachfolgenden Zeit. Eine der bewundertsten Statuen dieser Zeit ist die Mediceische Venus in den Uffizien (dem Gebäude für die Staatsbehörden) in Florenz. Das Bildwerk ist nach der Inschrift von Kleomenes, dem Sohne des Apollodoros. Die Göttin zeigt den vollen Reiz weiblicher Schönheit, aber bei aller Kunstvollendung ist nicht mehr jene reine Hoheit, wie in der Aphrodite von Melos, sondern in der ganzen Haltung tritt bei längerer Betrachtung etwas Gesuchtes, Geziertes, absichtlich Gefallsüchtiges hervor, welches die Bewunderung vermindert. Ein bekanntes Kunstwerk ist ferner der sogenannte farnesische Herkules, nach der Inschrift eine Arbeit des Atheners Glykon, jetzt im Museum in Neapel aufgestellt. Die kräftige Heldengestalt stützt sich ruhend auf die Keule, welche das Löwenfell bedeckt; der Kopf neigt sich sinnend vorwärts. Trotz der trefflichen Darstellung männlicher Vollkraft tadelt man an dieser Statue die mit absichtlicher Schaustellung behandelte, fast übertriebene Muskulatur und den im Verhältniß zum Körper untergeordneten Kopf. Ein ausgezeichnetes Verständniß des Körpers zeigt der berühmte, von dem großen Michel Angelo so sehr bewunderte Torso im Belvedere zu Rom, ein Werk des Apollonios aus Athen. Es ist die leider verstümmelte, edel und großartig behandelte Gestalt eines ruhenden Herakles. In diese Zeit gehören auch die weiblichen Figuren (Karyatiden), welche von Diogenes aus Athen als Trägerinnen des Gebälkes beim Pantheon angebracht wurden, von denen Eine im Vatikan sich befindet. Völlig verschieden von den eben genannten noch im Gebiete idealer Stoffe befindlichen Kunstwerken ist die unter dem Namen des borghesischen Fechters bekannte Statue. Sie rührt von Agasias aus Ephesos her, und befindet sich jetzt in den Sammlungen des Louvres zu Paris. Unter den Archäologen war eine Meinungsverschiedenheit über die Bedeutung dieses Standbildes, welches bald für einen Athleten, bald für einen Wettkämpfer, auch für einen Ballspieler gehalten wurde. Es ist aber unzweifelhaft, daß dieses Bildwerk zu einer größern Gruppe gehörte und einen Krieger darstellt, der sich mit Schild und Lanze gegen einen heransprengenden Reiter vertheidigt. Die Anstrengung, Bewegung, sowie die scharfe Darstellung der Körperformen zeigen jenen auf die vollkommenste Darstellung des Natürlichen gerichteten Sinn, wie er in der alten Schule von Pergamos herrschte. Doch läßt sich nicht läugnen, daß im Ganzen der Eindruck des Theatralischen, nach auffallender Wirkung Strebenden sich geltend macht. —

Besondere Bewunderung genoß von jeher der in Porto d'Anzio, dem als Lieblingsaufenthalt der Römer bekannten, alten Actium aufgefundene Apollo, der sich jetzt im Belvedere des Vatikans zu Rom befindet, und der Vatikanische genannt wird. Ueber die Situation, in welcher der Gott dargestellt ist, herrschen verschiedene Meinungen. Manche Kunstkenner glaubten, Apollo sei in dem Momente dargestellt, wo er den Drachen Python tödtet. Andere wollten ihn mit der Gruppe der Niobiden in Verbindung bringen. Der berühmte Visconti sah in ihm den die Pest ins hellenische Lager vor Ilios sendenden Ferntreffer; nach Feuerbachs Ansicht ist es die Darstellung einer Scene aus den Eumeniden des Aeschylos, wo Apollo die den Orestes verfolgenden Rachegöttinnen zürnend von seinem Tempel zu Delphi abhält. Am wahrscheinlichsten dürfte wohl Bischers Erklärung sein, welcher (Aesthetik §. 612) sich also ausspricht: „es war leicht, die Situation des Apollo von Belvedere näher zu bezeichnen, allein der Künstler wollte den reinen Lichtgeist als Zerstörer des Unreinen, Dunkeln, Wilden, Verworrenen, Häßlichen nicht in der ausdrücklichen Einzelnheit eines besondern Kampfes auffassen.“ Der große Kunstgeschichtschreiber Winkelmann hat eine begeisterte, freilich etwas zu hoch gehende Schilderung des vatikanischen Apollo gegeben, von welcher hier einige Sätze stehen mögen: „die Statue des Apollo ist das höchste Ideal der Kunst unter allen Werken des Alterthums, welche der Zerstörung entgangen sind. Der Künstler derselben hat dieses Werk gänzlich auf das Ideal gebauet, und er hat nur eben so viel von der Materie dazu genommen, als nöthig war, seine Absicht auszuführen und sichtbar zu machen. Dieser Apollo übertrifft alle andern Bilder desselben, so weit Homers Apollo den, welchen die folgenden Dichter malen. Ueber die Menschheit erhaben ist sein Gewächs, und sein Stand zeuget von der ihn erfüllenden Größe. Ein ewiger Frühling, wie in dem glücklichen Elysium, bekleidet die reizende Männlichkeit vollkommener Jahre mit gefälliger Jugend, und spielt mit sanfter Zärtlichkeit auf dem stolzen Gebäude seiner Glieder. Gehe mit deinem Geiste in das Reich unkörperlicher Schönheiten, und versuche ein Schöpfer einer himmlischen Natur zu werden, und den Geist mit Schönheiten, die sich über die Natur erheben, zu erfüllen, denn hier ist nichts Sterbliches, noch was die menschliche Dürftigkeit fordert. Keine Adern noch Sehnen erhitzen und regen diesen Körper, sondern ein himmlischer Geist, der sich wie ein sanfter Strom ergossen, hat gleichsam die ganze Umschreibung dieser Figur erfüllet. Er hat den Python, wider welchen er zuerst seinen Bogen gebraucht, verfolgt, und sein mächtiger Schritt hat ihn erreicht und erleget. Von der Höhe seiner Genugsamkeit geht sein erhabener Blick, wie ins Unendliche, weit über seinen Sieg hinaus; Verachtung sitzt auf seinen Lippen, und der Unmuth, welchen er in sich zieht, blähet sich in den Nüstern seiner Nase, und tritt bis in die stolze Stirn hinauf. Aber der Friede, welcher in einer seligen Stille auf derselben schwebet, bleibt ungestört, und sein Auge ist voll Süßigkeit.“ In diesem entzückten Tone der Bewunderung geht die Schilderung fort, und schließt mit den schönen Worten: „ich lege den Begriff, welchen ich von diesem Bilde gegeben habe, zu dessen Füßen, wie die Kränze derjenigen, die das Haupt der Gottheiten, welche sie krönen wollten, nicht erreichen konnten.“ — Ein Seitenstück zum Apollo von Belvedere ist die im Louvre zu Paris aufgestellte Diana, welche in leichter graciöser Bewegung neben ihrer Hindin daher eilt. Die beiden rossebändigenden Dioskuren zu Rom sind großartige Gestalten, welche Nachbildungen eines Werkes aus der besten Zeit der griechischen Plastik zu sein scheinen. Ein prachtvolles Bildwerk ist die schlafende Ariadne des Vatikans, deren Gewand mit großer Meisterschaft behandelt ist. Hier mag an die ausgezeichnete, auf einem Panther ruhende Ariadne unseres deutschen Meisters Dannecker erinnert werden!

Unter Hadrian, der bekanntlich eine große Vorliebe für griechische Kunst hatte, entwickelte sich eine rege Thätigkeit in der Plastik, obwohl die meisten Werke aus dieser Zeit nur geistreiche, oft auch gesuchte Nachahmungen sind. Einen neuen Stoff erhielt die Kunst in der Darstellung des Antinous, eines jungen Lieblings Hadrians, der sich einer Sage nach in Aegypten für den Kaiser aufopferte, und dafür vergöttert wurde. Kugler sagt über die Bilder des Antinous: „was die Kunst der Zeit an würdiger Behandlung vermochte, hat sie in diesen Bildern geleistet; doch beruht nicht hierin ihre eigenthümliche Bedeutung. Es ist ein neues Element geistigen Ausdruckes, was in ihnen sich ausspricht, ein fast tiefsinniger Zug, der mit einer Mischung von Kraft, Weichheit und Trauer, die jugendliche Gestalt zum Opfer stempelnd, das Gemüth des Beschauers ergreift.“

Allen diesen genannten Werken gegenüber, die noch vom Geiste griechischer Kunst mehr oder minder durchdrungen sind, stehen die völlig national=römischen Porträtdarstellungen. Auch hier ist ein großer Unterschied der griechischen und römischen Sitte. Während die griechische Kunst die einzelne Gestalt idealisirte, und selbst im Gewande nur das zur Charakterisirung Nothwendigste hinzufügte, wählte der Römer die volle, genaue Lebenswirklichkeit der Personen im Ausbruck und in der Kleidung. Es gab Statuen im Friedenskleide (togatae) und im Kriegsharnisch. (thoracatae.) Mit dem Einflusse griechischen Wesens kam auch griechische Tracht und Idealisirung in die Bildnißstatuen der Römer, bis endlich die gemeine Schmeichelei die Kaiser und ihre Familienmitglieder in der Gestalt und mit den Abzeichen der Götter bildete. Sehr schöne Bildwerke sind die Statue der Agrippina, der Gemahlin des Germanikus im capitolischen Museum zu Rom und die sogenannte Pudicitia im Vatikan, die Darstellung der Idee würdevoller, edler Weiblichkeit. Kraftvoll ist die aus vergoldetem Erz gebildete Reiterstatue des Kaisers Markus Aurelius, welche auf dem Platze des Capitols in Rom steht.

Sehr zahlreich sind die historischen Bildnereien der Römer, welche in genauer, ausführlicher Schilderung ihre Thaten, Schlachten, Siege, Triumphe verherrlichen sollten. Das Bedürfniß der Zusammendrängung vieler Gestalten auf einer verhältnißmäßig kleinen Fläche, führte zu einer malerischen Behandlung des Reliefs. Die vordern Gestalten ließ man fast in völliger Körperlichkeit aus der Fläche sich erheben, während die Uebrigen im dichten Gedränge in den Hintergrund zu stehen kamen. So war die strenge, einfache Anordnung und Reihenstellung des griechischen Reliefstyls in eine perspectivisch malerische Art verwandelt. An den Triumphbögen war der Hauptort für die Reliefdarstellungen. Am Bogen des Titus und des Constantin sind stattliche, auf die Thaten im Kriege und im Frieden sich beziehende Schilderungen. Vornehmlich genießen die Reliefarbeiten an der Trajanssäule hohes Ansehen bei den Archäologen. Mit großer Lebendigkeit und Mannigfaltigkeit sind hier die verschiedenen Vorgänge eines Feldzuges angegeben, Angriff und Vertheidigung, Marsch und Lager, Widerstand und Unterwerfung; alles in einfacher, geschichtlicher Auffassung. Unter Constantinus geht die bildende Kunst der Römer ihrem Verfalle entgegen, alles wird steif, roh, unnatürlich, der Sinn für Form und Schönheit ist unwiederbringlich dahin. Sehr zahlreich sind in der spätern Kaiserzeit die an den Sarkophagen angebrachten Reliefbilder. Sie sind beachtenswerth für die Geschichte der Anschauungen dieser Zeit der beginnenden Auflösung des Römerreiches und der antiken Religionen. Es sind meistens Darstellungen düstern Ernstes, trüber Schwermuth, unbestimmter Sehnsucht nach einer bessern Zukunft; die Form ist größtentheils fabrikmäßig und ohne eigentlichen Kunstwerth.

Die kleineren Arbeiten der Zierplastik wurden von den prachtliebenden Römern sehr geschätzt. Unter Augustus war der griechische Steinschneider Dioskorides in großem Ansehen. Es sind noch zwei geschnittene Steine in erhabener Arbeit, sogenannte Cameen, von seltener Größe und Pracht vorhanden. Der eine ist in der kaiserlichen Kunstsammlung zu Wien, und zeigt eine gestaltenreiche Verherrlichung des Augustus als Jupiter neben der Göttin Roma. Der andere Stein enthält eine ähnliche, den Tiberius betreffende Scene, und wird im Kunstkabinet des Louvre in Paris aufbewahrt. Endlich wurden auch herrliche Arbeiten in verschiedenfarbigem Glase geliefert. Das schönste Werk dieser Art ist die Portlandvase. Sie wurde im 17. Jahrhundert in einem römischen Grabe gefunden und in die Barberinische Bibliothek daselbst gebracht, daher sie auch Barberinivase genannt wird. Später kaufte sie der Engländer Hamilton und überließ sie der Kunstsammlung der Herzogin von Portland, nach deren Tode sie vom britischen Museum erworben wurde. Diese Vase ist aus blauweißer Glasmischung und mit Reliefs verziert, welche nach Winkelmann die Sage von Peleus und Thetis, nach neueren Erklärungen die Rückkehr der Alkestis aus dem Todtenreich vorstellen.

Die römische Malerei.

Die Malerei wurde bei den Römern ziemlich frühe und zum Theil von einheimischen Künst= lern betrieben. Noch in den Zeiten der Republik malte Fabius Pictor den der öffentlichen Wohlfahrt geweihten Tempel der Salus. Gegen das Ende des Freistaates war eine Künstlerin Lala aus Cy= zikus im Fache des Porträts sehr angesehen, und zu Augustus Zeiten war ein Maler Lubius berühmt. Die in Herkulanum und Pompeji aufgefundenen Gemälde sind häufig Nachbildungen älterer, griechischer Werke auf nassem Kalk (al fresco) oder auf trockenem Grunde mit Leimfarben ausgeführt. Die Wandflächen haben einen einfachen, farbigen Grund, ein tiefes Roth, ein sanftes Gelb, auch Schwarz, Blau, Grün. In der Mitte der durch Streifen begrenzten Felder sind tanzende, schwebende Gestalten, Genien oder ganze Gemälde angebracht. Den Gegenstand der Bilder nahmen die Künstler aus der Mythe und Heroensage, auch aus dem wirklichen Leben. Die Farben sind hell und fein, bald dünner, bald satter, die Körperlichkeit der Gestalten ist bisweilen nur leicht angedeutet, manchmal voller an= gegeben. Der behagliche, anmuthige Charakter des Ganzen wird noch erhöht durch scherzhafte Scenen, kleine Landschaften, Fruchtstücke, Thierbilder und eine perspectivische, aus schlanken Rohrsäulchen be= stehende Scheinarchitektur. Ganz verschieden von dem leichten, spielenden Wesen dieser Malereien ist das große Mosaikbild der Alexanderschlacht, welches den Fußboden eines Gemachs im sogenannten Hause des Fauns zierte, und von einigen Gelehrten für eine Schlacht zwischen Römern und Asiaten gehalten wird. Das zum Theil beschädigte Bild ist mit dramatischer Lebendigkeit ausgeführt, Zeich= nung und Anordnung ist im Ganzen sehr gut und die Farbe frisch und lebhaft, so daß man hier ohne Zweifel die Wiederholung eines trefflichen, griechischen Originals annehmen darf. In der vati= kanischen Bibliothek zu Rom ist die sogenannte Aldobrandinische Hochzeit, die Nachbildung eines anmuthigen Gemäldes aus früherer Zeit.